이유 없는 다정함

김연수의 문장들

이유 없는 다정함

김연수의 문장들

초판 1쇄 인쇄 · 2024년 6월 24일
초판 1쇄 발행 · 2024년 6월 29일

지은이 · 민정호
펴낸이 · 한봉숙
펴낸곳 · 푸른사상사

주간 · 맹문재 | 편집 · 지순이 | 교정 · 김수란, 노현정 | 마케팅 · 한정규
등록 · 1999년 7월 8일 제2−2876호
주소 · 경기도 파주시 회동길(서패동) 337−16
대표전화 · 031) 955−9111(2) | 팩시밀리 · 031) 955−9114
이메일 · prun21c@hanmail.net
홈페이지 · http://www.prun21c.com

ⓒ 민정호, 2024

ISBN 979−11−308−2153−5 03810
값 19,500원

교양선
21

김연수의 문장들

이유 없는 다정함

민정호

푸른사상
PRUNSASANG

가끔 아내와 이야기하다 보면, 심심치 않게 우리가 소설가 김연수 때문에 결혼하게 됐다는 이야기를 하게 된다. 그분이 이 이야기를 들으면 펄쩍 뛸 수도 있는데, 김연수는 정말로 어느 정도 우리 결혼에 지분이 있다. 그러니까 나는 아내를 만나기 전부터 김연수의 소설을 읽으면서 이해, 사랑, 친구, 가족, 청춘 등에 대한 내 나름의 이해를 적립하고 있었고, 아내는 김연수의 소설을 읽으면서 적립된 이해, 사랑, 친구, 가족, 청춘 등에 대한 내 나름의 이해를 들으면서 나에게 호감을 느꼈으며, 우리는 데이트를 해도 김연수의 북콘서트에서 했고, 결혼하고 나서도 김연수의 신간을 카페에서 같이 읽으며, 여전히 김연수 때문에 결혼했다는 식의 말들을 하고 있기 때문이다. 이 정도라면, 우리가 김연수 때문에 결혼했다는 말이 틀렸다고는 할 수 없을 것이다.

그래서 언젠가 이해, 사랑, 친구, 가족, 청춘 등을 주제로 에세이를 쓰게 된다면, 나에게 강력한 영향을 준 김연수의 작품 속 문장에서 출발해보기로 다짐했었다. 또한 그런 연유로, 이 책의 제목, '이유 없는 다정함'은 김연수의 단편소설 「젖지 않고 물에 들어가는 법」에 나오는 문장에서 가져오게 되었다. 책의 구성과 내용, 그리고 제목까지, 가히 김연수 때문에 결혼했다는 사람답지 않은가? 그렇기 때문에, 한 가지 분명히 밝혀두는 건, 이 책의 상당 부분은 김연수의 작품에 대한 내 오독에 기반한다는 것이다. 김연수를 정말 좋아하는 분들은 이 오독이 불쾌할 수도 있겠지만, 김연수의 작품 속 문장에 매달리며 자신의 삶을 아나토믹하게 이해하려고 몸부림쳤던 누군가의 독서 일기라는 점에 후한 점수를 준다면, 괘념치 않고 넘어가주시리라 믿는다.

사실 나는 꽤나 다정하고자 노력했던 사람이다. 그런데 다정하게 다가가려고 하면, 다정함의 '이유'를 근거로 평가절하하는 사람들이 꼭 있었다. 나에게는 아무런 이유가 없었는데도 말이다. 그래서 나는 김연수의 '이유 없는 다정함'이라는 말이 눈에 들어왔다. 내가 하고자 하는 말을 발견한 느낌이었다고 할까?

이유 없는 다정함 : 김연수의 문장들

내가 되고자 했던 건, 정말 이유 없는 다정함 그 자체였으니까 말이다. 이 말을 제목으로 달고 에세이집을 낼 수 있어서 참 다행이다. 다정함이라는 말이 이 책에 담긴 내용 전부를 포괄하기 때문이다. 이 책을 읽을 독자가 내가 생각했던 다정함을 발견할 수 있다면, 그래서 이 문장을 읽고 이런 생각을 하는 사람도 있네, 뭐 이렇게만 생각해준다면, 내가 더 바랄 수 있는 건 없을 것이다. 마지막으로 이런 내용이 책이 될 수 있을까? 라는 내 물음에, 책이 될 수 있다고 항상 다정하게 반응해준 아내와 어느 정도 빈정거리면서도 책이 될 수 있을 거라고 의미심장한 표정을 지었던 딸에게 감사한 마음을 전한다(이레야, 그 의미심장한 반응도 다정함 맞지?). 그리고 이 책의 내용을 정성스럽게 편집해주신 김수란 선생님과 파주에서 더할 나위 없는 환대를 경험하게 해주신 한봉숙 대표님께도 감사 인사를 전한다. 이 책은 이와 같은 또 다른 유형의 이유 없는 다정함 때문에 나올 수 있었다.

2024년 여름
동국대학교 B101호에서
민정호

차례

이유 없는 다정함 : 김연수의 문장들

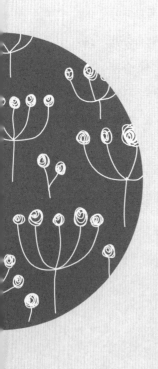

다정해야 할 순간이 오면, 한 치의 망설임도 없이 다정해지자.

1

다정함

창조는 오직 이유 없는 다정함에서만 나옵니다.

「젖지 않고 물에 들어가는 법」, 『너무나 많은 여름이』, 113쪽

2020년 팬데믹 이후, '깨어남'을 경험하는 사람이 많다는 것을 발견하고, 깨어난 이후의 삶에 대한 질적 연구가 진행된다. '신기남'도 그 깨어남을 경험했던 사람 중 한 명인데, 그는 의료사고로 아내와 사별한 뒤, 개그맨에서 소설가로 변신했다. 그 연구에서 진행된 인터뷰에서 그는 깨어남을 경험하기 전에 감정과 자아가 분리되어 있었다고 말했다. 아내의 죽음에 슬퍼할 틈도 없이 웃으면서 방송 활동을 해야 했기 때문이다. 그러다가 공황이 왔다고 말했다. 도망치듯 제주행 비행기에 올라탔는데, 비행 중에 '완전

한 암흑'을 경험했다가 정신을 차리니 이미 비행기가 제주에 도착한 직후였다는 것이다. 그런데 그는 비행 중 자신의 옆을 지켰던 승무원에 대해 이야기한다. 공황 상태에서 발작을 일으키며 구토까지 했는데, 토사물이 옷에 튀었지만 '이유 없는 다정함'으로 끝까지 옆을 지켰던 그 승무원에 대해서 말이다. 그리고 호텔에 도착해서 글을 쓰게 되는데, 이때 그는 아내와 자신의 사이를 완전히 다시 이해하게 됐다고 고백한다.

예전에 중앙대학교에서 외국인 유학생에게 한국어를 가르쳤을 때 일이다. 보통 한국어 수업은 9시에 시작하는데, 출근 시간에 차가 너무 막혀서 출근 시간을 피해 8시까지 학교에 갔었다. 그런데 8시에 강사실에 들러 출석부를 들고 강의실로 가면, 강의실이 청소 중이라서 들어가지 못하고 밖에서 기다려야만 했다. 그때 청소를 마치고 나오시는 아주머니들과 몇 번 마주쳐 인사도 하고, 한번은 날도 더운데 고생하신다고 말씀드리며 게토레이를 사다 드린 적도 있었다. 그러다가 또 무슨 용기인지, 덕분에 깨끗한 강의실에서 수업할 수 있다고 감사하다고 몇 마디 던진 적도 있었다. 정말 신기한 건, 그러고 나서였는데, 8시 10분쯤 교실에 가면 청소는 이미 끝나 있고, 여름에는 에어컨, 겨울에는 히터가 먼저 틀어져 있는 게 아닌가? 여름에는 시원하고, 겨울에는 따뜻하니,

수업 준비가 절로 되는 느낌이었다.

소설에서 신기남은 아내와 표면적인 관계는 좋았지만, 사실 아내는 남편과의 불화로 프로포폴을 복용할 만큼 심각한 우울증에 시달리고 있었다. 그런데 비행기에서 처음 본 신기남 씨에게 생면부지의 승무원이 이유 없는 다정함으로 다가간 것이다. 다정함의 위력이 이렇게나 대단하다. 누군가는 이런 생각을 할 수도 있다. "당신이 나에 대해 뭘 알아?" 그런데 생각해보면, 잘 알지 못하니까 내가 무슨 위로를 할 수 있겠냐는 말은, 지금 위로하지 않는 나 자신을 위한 그럴듯한 핑곗거리일 수도 있지 않을까? 소설에서 신기남은 그 승무원의 기억을 떠올리며, 과거의 '나'로 돌아가는데, 이때도 그는 아내의 마음을 정확히는 모르지만, 이유 없는 다정함으로 슬퍼하는 아내를 위로할 수 있게 된다. 다정함은 때로 용기가 필요하지, 정확한 앎을 요구하지 않는다. 그렇기 때문에 나 같은 사람도 언제든지 다정해질 수 있는 것 같다.

굳이 정리하자면, '너 때문에'보다 '그럼에도'가 다정함에 더 어울리는 표현이다. 출근 시간 교통 체증을 피해서 교실에 일찍 도착했는데, 하필 때마침, 교실이 청소 중이라서 들어가지 못했고, 내가 또 그걸 참지 못하고 '때문에' 운운하며, '이유 없는 차가움'

으로 아주머니들께 다가갔다면? 나는 결단코, 그 건물에서 가장 먼저 청소가 완료되고, 계절에 맞춰 에어컨과 히터가 켜진 강의실을 만나지 못했을 것이다. 이는 그럼에도, 이유 없이 다정했던 나에게 찾아온 또 다른 다정함이었다. 예전에 인천대학교에서 글쓰기 수업을 할 때, 학생들한테 편지를 꽤 받았었는데, 내용은 주로 이랬다. 그렇게 많은 학생들을 가르치는데, 어떻게 우리 이름을 모두 다 외울 수 있냐고. 어떻게 그 이름 중에서 단짝까지 고려해서 모둠 활동을 설계할 수 있냐고, 어떻게 우리에게 권위가 1도 없는 표정으로 다정하게 다가올 수 있냐고 말이다. 그때마다 답장을 쓰지 못해, 그 답장을 여기에 쓰자면, 다음과 같다. 김연수 소설을 읽으면서 오랜 시간 다정해지자고 다짐해왔다고. 다정해야 할 순간이 오면, 한 치의 망설임도 없이 다정해지자고 다짐해왔었다고. 마치 여러분이 전공 수업도 아닌 교양 글쓰기를 가르치는 나에게 이유 없는 다정함으로 편지를 써줬던 것처럼. 이제야 말한다. 고맙습니다.

2

놀이공원

오직 꿈의 눈으로 바라볼 때,
다른 불순물 없이 오롯하게 우리의 삶이 된다.

「젊은 연인들을 위한 놀이공원 가이드」, 『너무나 많은 여름이』, 45쪽

헤어졌다가 다시 사귄 재연과 지수는, 재연이 오래전부터 가
고 싶어 했던 놀이공원에 간다. 야간 개장 덕분에 9시까지 놀이공
원에서 놀 수 있다는 말에, 지수는 심드렁한 반응을 보인다. 재연
에게 놀이공원은 재미있는 어트랙션과 흥미로운 엔터테인먼트와
환상의 주토피아로 구성된 공간이지만, 지수에게는 지루하기 짝
이 없는 보어덤과 지루함 끝에 찾아오는 디스어포인트먼트와 보
잘것없는 다크니스로 구성된 공간이기 때문이다. 여기서 보어덤

　　　　　　　　　이유 없는 다정함 : 김연수의 문장들

(boredom)은 놀이기구를 기다리는 동안에 느끼는 지루함을, 디스어포인트먼트(disappointment)는 기대한 만큼 재미가 없을 때 드는 실망감을, 다크니스(darkness)는 많은 인파에 갇힌 캄캄한 마음을 의미한다. 재연은 '자유이용권'을 손에 쥐고서도 '보어덤', '디스어포인트먼트', '다크니스' 운운하는 지수에게, 헤어지고 나서 기억났던 건 네 잘못뿐이었다고 말한다. 또 시비조냐고 묻는 지수에게, 하지만 결국엔 가장 좋았던 순간이 기억났다고 고쳐 말한다. 그러면서 판단부터 하고 먼저 헤어지자 말했던 자신을 돌아보며 진심으로 사과한다.

넷플릭스에서 〈바이올런트 나잇〉이라는 영화를 얼마 전에 봤다. 〈기묘한 이야기〉 시리즈에 나왔던 데이비드 하버가 나온다고 해서 믿고 그냥 보게 됐는데—내용은 생각보다 뻔했지만—흥미로운 부분이 하나 있었다. 데이비드 자신이 '산타클로스'임에도 크리스마스를 마치 지수 입장에서의 놀이공원처럼 생각한다는 점이었다. 1100년을 산타클로스로 근무한 그에게 크리스마스는 그냥저냥일 뿐이다. 그는 썰매를 타는 순간의 보어덤과 돈을 선물로 달라는 아이들의 편지에서 오는 디스어포인트먼트, 그리고 맥주를 의지하지 않고서는 선물을 주러 갈 수 없다는 캄캄한 다크니스의 전형을 보여준다. 그러다가 크리스마스를 어트랙션과 엔터

테인먼트, 주토피아로 생각하는 아이를 만나면서 전환점이 온다. 그러니까 김연수 스타일로 말하자면, 이 전환점은 어떤 일이 벌어질지 알지 못한 상태에서 크리스마스와 이별부터 결심한 데이비드에게 경종을 울린 것이다. 물론 1100년이나 일했으니, 그럴 수도 있겠다 싶지만.

꿈이 없는 사람을 본 적이 있다. 아니 정말 많이 봤다. 그 사람들은 정말 일말의 꿈도 없는 것처럼 보였다. 오히려 꿈을 말하는 내게 아직도 그런 게 있냐? 뭐 이런 식의 반응을 보였다. 그들에게 삶이란, '보어덤', '디스어포인트먼트', '다크니스' 그 이상도 이하도 아니었을 것이다. 예전에 기간제 교사로 중학교에서 근무한 적이 있었다. 그때 꿈이 뭐냐는 내 질문에 학생들은 대부분 대답하지 못했다. 내 기억이 맞는다면, 28명 중에 딱 한 명만이 자신의 꿈을 또박또박 말했다. 나머지는 마치 이제야 처음으로 그런 생각을 해본다는 표정을 짓고 있었다. 그 딱 한 명은 학생들 앞에서 자신의 꿈이 '포클레인 기사'라고 말했다. 그러자 마치 약속이라도 했다는 듯이 아이들이 일제히 비웃기 시작했다. 꿈도 없는 아이들이 꿈이 있는 아이의 꿈을 비웃다니, 나는 그 순간 심한 모욕감을 느꼈다. 앞으로 나는 그 누구의 꿈도 비웃지 말아야지. 다짐하면서, 아이들에게 여러분은 인생의 '자유이용권'을 가지고 있으니,

이유 없는 다정함 : 김연수의 문장들

꿈을 원 없이 꾸라고 말했다. 하지만 수업이 끝나는 그 순간까지도 '포클레인'이라 말하며 아이들은 자기들끼리 수군덕거렸다. 이 놈들을, 그냥.

벌써 14년 전 이야기다. 지금 스물여덟 살이 된 그 학생은 군대를 다녀와 정말 멋진 포클레인 기사가 됐을까? 영화 〈모아나〉에는 아버지의 엄포에도 불구하고 바다 너머로 모험을 떠나는 모아나의 삶이 그려진다. 나는 이 삶이 참으로 진실하다고 말하고 싶다. 아버지가 대장장이라고 자식도 대장장이가 되어야 하는 시대는 끝나지 않았나? 바다 너머로 가고 싶다면, 바다 너머로 가면 그만이다. 설령 나는 그 학생이 포클레인 기사가 되지 않았더라도, 자신에게 주어진 자유이용권을 이용해 주어진 여러 기회를 탐닉하며 진실하게 살았으면 됐지 싶다. 그리고 꿈의 눈으로 봐야 그 어떤 장애물 없이 그 꿈을 볼 수 있다는 김연수의 말처럼, 불순물에 오염돼 자신의 삶이 뭔지 발견하지 못하는 사람들에게 선한 영향을 주는 사람으로 살고 있기를 바란다. 이 책을 보고 있다면, 그래서 혹시나 내가 기억났다면 DM으로 연락해라. 기다릴게.

3

무드

"다르게, 어떻게?"
"그러니까 따뜻하게."
「보일러」, 『너무나 많은 여름이』, 63쪽

어느 새벽, 비즈비 에스테이트 호텔 프런트에 노인 한 명이 찾아와 호텔 직원에게 여기가 전평호텔이냐고 묻는다. 그 노인이 들이닥쳤을 때는 호텔 직원도 자신뿐이고, 시간도 새벽이라서 꺼림칙한 기분이 들었지만, 뭔가 평소와 다르게 반응해야 할 것 같은 생각이 들었단다. "그러니까 따뜻하게" 말이다. 직원은 노인에게 따뜻한 물을 대접하는데, 노인은 그제야 직원에게 전평호텔에 대한 이야기를 풀어놓기 시작한다. 40년 전에 신혼여행을 갔던 곳이라고, 그리고 아내가 처음으로 천둥오리를 봤던 호수가 호텔 근처에 있었다고, 그런데 아내는 몇 년 전에 죽었고, 자신도 죽어가고 있다고. 노인은 전평호텔이 없어지지 않았다고 말해준 직원에게 연신 고마움을 표현하며, 호텔에서 쉬다 가라는 직원의 제안을 뿌리친다. 하지만 새벽 시간에 노인을 보낼 수 없었던 직원은 호텔 직원 휴게실에서 노인이 쉴 수 있도록 한다. 문득 직원은 밖으로 나와 노인이 말했던 호수 근처 호텔과 천둥오리를 처음 본 노인의 아내를 상상하며, 이를 '따뜻한 밤'이라고 부른다.

언젠가 무더운 여름날, 아침에 출근하려고 버스를 기다리는데, 저쪽에서 할머니 한 분이 리어카에 박스를 가득 싣고 역주행으로 힘겹게 걸어오고 있었다. 그런데, 버스가 도착할 때쯤 리어카에 있는 박스 일부가 길에 쏟아졌고, 도로는 아비규환의 상태가 되었다. 할머니께 다가가 도와드린다고 말하고 땀을 뻘뻘 흘리며 박스를 리어카에 싣는데, 할머니께서 버럭 화를 내시면서 그렇게 실으면 다 못 싣는다고 비키라고 하는 게 아닌가? 그런데, 그 순간 나는 뭔가 좀 다르게 생각해보기로 결심했다. 그러니까 따뜻해져보기로 말이다. 할머니의 리어카를 한쪽 골목으로 가져다가 놓고, 떨어진 박스들을 모아서 그쪽으로 가져갔다. 그러는 사이 버스는 놓쳤지만, 할머니와 박스들을 리어카에 실으며 짧은 이야기를 나눌 수 있었다. 할머니께서는 원래 이런 실수를 잘 안 하는데, 어쩌다가 박스를 엉망으로 싣게 되었는지, 지금은 어디로 가는 중인지, 오늘 이 박스를 넘기고 받는 돈으로 뭘 할 예정인지 등을 말씀해주셨다. 나는 할머니의 이야기를 듣다가 무인 아이스크림 가게에서 아이스크림을 하나 사다 드렸는데, 갑자기 아까는 화를 내서 미안했다고 사과를 하셨다. 나는 괜찮다고 말씀드리며, 오늘 할머니 계획대로 박스 잘 넘기시고 손녀분과 계획하신 일을 꼭 하셨으면 좋겠다고 말씀드렸다. 그리고 서로 웃었다. 약간은 어색하게?

'무드(mood)'라는 단어가 있다. 사전에는 어떤 상황에서 대체적으로 느껴지는 전체적인 분위기나 기분이 무드라고 나온다. 사람에게 이 무드가 중요한 이유는, 무드가 그 사람의 '화법'을 결정하기 때문이다. 호텔 직원은 그 노인을 이상한 노인이나 치매 환자로 치부하는 동료와 이야기하면서, 자신은 노인을 만났을 때 따뜻하게 생각해보기로 결정했다고 고백한다. 이 따뜻한 무드가 "전평호텔은 사라졌습니까?"라는 노인의 물음에 "그건 아니지 않을까요?"(63쪽)라고 말하도록 만들었을 것이다. 분명 인터넷에 전평호텔을 검색했을 때 아무것도 검색되지 않았는데도 말이다. 그런데 이 무드가 정말 중요한 이유는 '애당초 그런 호텔은 존재하지 않았기 때문에 없어질 수도 없다'는 식의 중의적 의미를 담고 있

이유 없는 다정함 : 김연수의 문장들

었음에도 노인은 이 호텔 직원의 대답에 위로를 받았기 때문이다. 아무리 좋은 의미를 담은 말이라 하더라도 '차가운 무드'와 '차가운 화법'이 더해지면, 누군가에게 상처를 주게 된다. 그러니까 그게 '모범 답안'은 맞을지 몰라도 '정답'은 아니라는 것이다.

　문득 내 스스로에게 이런 식의 질문을 던질 때가 있다. 어제와 비교해볼 때, 나는 더 좋은 사람이 되었는가? 돈벌이에 급급해 좋은 사람이고 뭐고, 새까맣게 잊고 그냥저냥 살고 있지는 않은가? 신형철은 『슬픔을 공부하는 슬픔』에서 우리가 경험하는 직접 체험만이 우리 자신을 바꿀 수 있다고 말했다. 할머니와 함께 도로에 떨어진 박스들을 줍고, 이야기를 나누며 아이스크림을 먹었던 체험은 좋은 사람이 되기 위해 몸부림치고 있는 스스로를 발견할 수 있었던 시간이었다. 그날 밤 퇴근하고 버스에서 내려 그 버스 정류장을 다시 이렇게 보는데, 생일인 손녀와 맛있는 것을 사 먹을 할머니를 생각하니 마음이 참 따뜻했다. 김연수 말마따나 정말 "가장 따뜻한 밤"이었달까?

4
미래

우리가 기억해야 하는 것은 과거가 아니라 오히려 미래입니다.

「이토록 평범한 미래」, 『이토록 평범한 미래』, 29쪽

1999년 '나'는 자살하기로 결심한 친구 '지민'과 출판사에서 교정 일을 하는 외삼촌을 찾아간다. 거기서 지민의 엄마가 쓴 소설 『재와 먼지』를 구할 수 있냐고 묻는다. 그 소설은 동반자살을 한 커플이 미래에서 과거로 한 번 더 삶을 살고, 그 후 깨어나 다시 세 번째 삶을 살게 되는 이야기이다. 지민의 엄마는 이 소설을 쓴 후에 정신병동에 갇혀 지내다가 자살했는데, 지민도 엄마와 똑같이 자살할 결심을 했던 것이다. 그것도 사전 동의도 없이 '나'와 같이. 그 후 둘은 그 당시 유명세를 치른 접신하는 미국인 줄리아

이유 없는 다정함 : 김연수의 문장들

에게 1999년에 정말 지구가 종말을 맞는지, 그리고 우리가 더 살 이유가 있는지를 물으러 간다. 20년이 지나서 부부가 된 '나'와 지민은 우연히 다시 얻게 된 엄마의 소설『재와 먼지』를 앞에 놓고, 이런저런 이야기를 하게 된다. 지민이 말한다. 그때 줄리아를 만나 우리가 들었던 이야기, 그러니까 지구는 종말을 맞지 않는다는 사실과 꼭 죽지 말라던 그 말이, 지금에서 보면 너무 평범한 말이 아니었냐고. 그러니까 20년 전에 들었기 때문에 신의 음성으로 들렸던 것뿐이라고. 가히 이토록 평범한 미래라면서 말이다.

사회인지심리학자로 '관찰학습'을 체계화한 반두라라는 학자가 있다. 이분의 논리는 다음과 같은데, 아이가 어렸을 때 아빠에게 맞는 엄마를 보면, 딸은 '나는 엄마처럼 맞고만 살지 않겠어'라고 다짐하고, 아들은 '나는 아빠처럼 아내를 때리지 않을 거야'라고 다짐하지만, 실상은 그렇지 않다는 거다. 성인이 되어 결혼한 딸은 폭력적 성향의 남자를 만나 여지없이 맞게 되며, 아들은 자신의 아내를 더 심하게 때리기도 한다는 것이다. 왜 그럴까? 이게 '관찰'하면서 '학습'이 되어 똑같은 '다툼'이라는 상황 맥락이 주어졌을 때, 딸은 관찰한 엄마처럼 맞게 되고, 아들은 관찰한 아빠처럼 때리게 된다는 말이다. 내가 반두라의 책을 읽으면서 소스라치게 놀랐던 건, 우리가 과거에 무엇을 봤느냐가 결국 우리의 현재를 결정한다는 사실이었다. 그런데 김연수의 소설을 읽으면서 또 다시 소스라치게 놀랐던 건, 지금의 현재는 그 당시에는 미래였다는 것이다. 그러니까 우리가 주목해서 봐야 하는 건 '과거'가 아니라 '미래'라는 점 때문이었다. 과거뿐만 아니라 미래를 볼 수 있어야, 지금 현재를 온전히 이해할 수 있다는 말이다.

격투기 선수 정찬성이 있다. 2013년에 그는 챔피언이 될 수 있었다. 최소한 내가 보기에는 그랬다. 아니 나는 그 경기를 보기 전부터 이미 그가 챔피언이라고 생각했었다. 그는 불리한 조건에도 챔피언 결정전에 출전을 강행했으니까 말이다. 물론, 그 당시 챔피언 조제 알도에게 그는 졌다. 나는 그가 아시아 최초로 UFC 챔피언이 되리라 믿어 의심치 않았기에, 어깨가 탈구된 상태에서도 기권을 하지 않았다는 식의 자조적 평가에 만족할 수 없었다. 그런데 그가 갑자기 어깨 수술을 받고 9개월을 쉬더니, 군에 입대했다는 이야기를 들었다. 그때 나는 UFC 선수로서 정찬성은 끝났다고 생각했다. 최소한 내가 보기에는 그랬다. 그런데 그는 4년 만에 갑자기 돌아와 2017년부터 승승장구하기 시작했고, 2022년에 다시 볼카노프스키와 타이틀 매치를 벌였다. 2013년에 내가 만약 2022년으로 날아가 챔피언 결정전을 하는 정찬성을 볼 수 있었다면, 섣불리 2013년의 정찬성에게 사망 선고를 내리지는 않

이유 없는 다정함 : 김연수의 문장들

앉을 것이다.

아쉽게도, 정찬성은 끝내 챔피언이 되지 못했다. 마지막 경기였던 할로웨이와의 경기에서 TKO패를 당했고, 그렇게 그는 은퇴를 선언했다. 나는 그가 자신이 챔피언이 되는 미래를 무조건 봤을 것이라 믿는다. 그랬기에 4년이 넘는 공백기를 넘어, 그러니까 격투기 선수에게 일종의 사망 선고였을 그 공백기를 아무렇지 않게 극복하고 다시 돌아와, 한 번 더 신바람 나는 격투 생활을 보낼수 있었을 것이다. 물론 그는 챔피언이 되지는 못했지만, 누가 그의 인생을 비난할 수 있을까? 그의 인생을 김연수식으로 표현하자면, 달에는 가지 못했을지라도 달에 도착한 자신을 생각하면서마치 달에 도착한 사람처럼 그 달을 향해 전진했던 것이 된다. 마치 그렇게 되기로 약속한 것처럼, 당신의 미래를 먼저 보고, 지금의 좌절을 묵묵히 감당하는 당신의 충만한 삶을 누구도 비방할 수없다. 이 묵묵함을 극복한 사람들에게 주어지는 이토록 너무나 평범한 '미래'들을 말이다.

5
기도

제가 살아야 제 아들이 살 수 있습니다.

「난주의 바다 앞에서」, 『이토록 평범한 미래』, 66쪽

'정현'은 추자도로 문학 강연을 하러 간다. 거기서 대학교 문학 동아리에서 만났던 '은정'을 만나는데, 개명한 은정은 '손유미'로 살며, 낮에는 일하고, 밤에는 추리소설을 쓰고 있었다. 정현은 김 선생으로부터 은정이 결혼 후에 아들을 낳았는데, 그 아들은 아홉 살에 암에 걸려 5년 동안 투병 생활을 했지만, 결국 죽었고, 은정은 그길로 이혼하고 섬으로 들어왔다는 이야기를 듣는다. 강연 후에, 은정은 자신이 어쩌다 손유미로 살며 소설을 쓰게 됐는지를 설명하며, '정난주'를 소개한다. 정난주는 정약용의 가문 출신

이유 없는 다정함 : 김연수의 문장들

으로 좋은 남자와 결혼해 아들을 낳고 잘 살았다. 그러다가 왕이 바뀌면서 천주교 신자에 대한 박해가 일어나고 그해 남편은 반역죄로 거열형(車裂刑)을 받아 사지가 찢겨 죽게 된다. 똑같이 반역죄로 아들과 같이 제주도로 유배 가던 중, 어린 아들에게 형벌을 물려주기 싫었던 정난주는 바다에서 죽기로 결심하고 하느님한테 자신이 죽어야 아들을 살릴 수 있다고 기도하고 물에 빠진다. 그런데 이게 뭐지? 그녀는 살아났다. 하느님을 원망하는 그녀에게 하느님이 친히 기도를 가르쳐주시는데, 그 기도가 바로 저 문장이다.

우리가 으레 꿈꾸는 미래가 있다. 결혼도 하고, 아이도 낳고, 취직도 하고, 가끔 친구를 만나 술 한잔 마시며 사는 일상들 말이다. 그런데, 소설에서 은정은 느닷없이 시작된 아들의 암 투병과 죽음, 그리고 이혼과 이사를 경험하면서 그녀가 소망하고 기도했던 삶은 사망 선고를 받는다. 그러니까 제주로 유배를 떠나며 자신이 죽어야 예수쟁이 반역자의 아들이 살 수 있다고 기도했던 '정난주'의 마음으로 추자도에 오게 된 것이다. 역사에 기록된 내용이나 추자도에 게시된 안내문을 보면, 정난주는 아들을 추자도 갯바위 위에 올려놓고 떠난 것으로 나온다. 그런데, 은정은 정현에게 다른 내용을 말한다. 정난주가 갯바위에 아들을 둔 건 맞지만, 자살을 결심하고 물에 몸을 던졌다고, 그런데 죽지 않았다고, 그리고 그때 하느님한테 기도를 다시 배웠다고, 그렇게 기도를 다시 배우고 죽지 않고 살아, 그녀는 37년을 더 살다가 할머니로 생을 마감했다고, 그러는 동안 아들은 원 없이 살 수 있었고, 이게 자신이 '손유미'로 살게 된 이유라고 말이다.

살다 보면, 우리도 기도하는 법을 다시 배울 필요가 있다. 우리는 정말 많은 일에 연루되고 또 이러한 사건·사고를 통해서 너무나 많은 '끝'을 경험하기 때문이다. 우리가 예상했고 희망차게 계획했던 일들이, 우리가 예상하지 못했고, 계획하지 않았던 기습적인 일들로부터 파괴되기도 하는데, 우리는 그때 '절망'이라고 하는 '끝'을 경험한다. 이 '끝'은 갯바위 위에 선 정난주의 마음으로 일종의 '사망 선고'와 같다. 이 선고를 스스로 내리는 순간, 다시 시작하는 것은 불가능해지고 마음속 감옥에 스스로를 가둬버리게 된다. 그런 상황이 되면, 누구라도 넋두리를 하기 시작하는데, 이 넋두리를 일종의 기도로 본다면, 그 기도는 "저를 죽여주십시오. 하느님. 저는 죽어야만 합니다"와 크게 다르지 않을 것이다. 소설에서 '정난주'의 마음이 그랬고, '은정'의 마음이 그랬다. 그러니까 모든 것은 내 탓이고, 해결책은 나의 사라짐, 오직 그것뿐인 것이다.

이유 없는 다정함 : 김연수의 문장들

그런데 사망 선고의 순간에 우리가 무엇을 볼 수 있느냐는, 결국 우리의 몫으로 다시 돌아온다. 커다란 절망에 주목할 수도 있지만, 확률적으로 매우 낮은 작은 희망에 주목할 수도 있는 것이다. 그러니까 우리는 기도하는 법을 다시 배워야 한다. 소설에서 은정이 '정난주'를 보고 '손유미'로 새롭게 출발할 수 있었던 건, 그녀가 하느님한테 배웠다는 바로 그 기도, "제가 살아야 제 아들이 살 수 있습니다" 덕분이었다. 그 모든 게 다 끝났다고 생각되는 '사망 선고의 순간'에서, 살아야겠다는 '출발의 시공간'으로 돌아온 것은 바로 그녀가 다시 배운 기도 덕분이었다. 지인들과 술을 좀 마시다 보면, 넋두리를 늘어놓는 사람들을 많이 만나게 된다. 그 넋두리를 어느 정도 듣다가 그분들께 내가 항상 하는 말이 있다. 그래도 죽지 말고 꼭 살라고. 그래야 당신 아내도 살고, 자식도 살고, 부모님도 산다고. 그리고 지금 당신 앞에 있는 나도 살 수 있다고. 아마 이건 당신을 위해 하는 나의 기도였을 듯.

6

쓸모

다만 잊어버릴 뿐이니 기억해야만 한다고,
거기에 사랑이 있었다는 사실을 기억할 때
영원히 사랑할 수 있다고.

「사랑의 단상 2014」, 『이토록 평범한 미래』, 211쪽

지훈은 리나와 헤어졌다. 하지만 헤어지고 나서도, 리나가 줬던 네스프레소 한정판 캡슐 커피를 우연히 발견하고, 유통기한이 지났음에도, 리나가 줬던 이 한정판 커피를 한 번쯤 마셔봐야 하는 게 아닌가, 고민해본다. 올림픽대로를 운전하면서는 한강을 보며 리나가 좋아했던 사케 '리하쿠(李白)'를 되뇌고, 태국 라일레이에서 리나와 함께 보냈던 어느 여름을 떠올린다. 회사에서 야근한

후에는 부암동에 위치한 앨리스의 다락방에 가서 맥주를 마시며, 창밖을 무작정 보기도 하는데, 그러면서 근처에 사는 리나가 집에 돌아올 때까지 기다린 적도 있다. 물론 실제로 리나를 만나지는 못했지만. 그러면서 지훈은 리나한테 부치지도 못할 편지를 쓴다. "나의 쓸모는 거기에 있었습니다"(208쪽)라는 말과 함께. 그러면서 사람들은 '사랑해'라는 말을 언제 하는지 궁금해하며, 포털 사이트에 '사랑해'를 검색하는데, 거기에 적힌 무수히 많은 '사랑해'를 보면서, 다음과 같이 말한다. "거기에 사랑이 있었다는 사실을 기억할 때 영원히 사랑할 수 있다고."

이푸 투안은 『공간과 장소』에서 "사람들과의 유대가 없으면 그 장소는 그 어떤 의미도 없다"(63쪽)고 말한다. 소설에서 '앨리스의 다락방', '태국 라일레이'는 그런 의미에서 리나와의 유대가 강하게 작용하는 명백한 장소가 된다. 같은 의미에서 '캡슐 커피'와 사케 '리하쿠'도 마찬가지이다. 다른 사람들에게는 아무것도 아닌 것들이지만 지훈에게는 리나와의 강한 유대가 남겨진 소중한 것들일 테니까. 언젠가, 밤마다 야산 묘지에 나타난다는 어떤 노파를 추적한 TV 프로그램을 본 적이 있다. 처음에는 무서운 내용인 줄 알고 조마조마한 마음으로 봤는데, 알고 보니까 사실은 애절한 사랑 이야기였다. 그러니까 자신보다 먼저 죽은 아들이 보고 싶어서, 일부러 묘지 주변에 거처를 구해 낮에는 거기에 있다가, 밤이 되면 사람들 몰래 무덤으로 나온다는 것. 그리고 나서는 무덤 주변을 돌면서 "사랑해", "보고 싶다"라고 연신 말하며 묘비를 닦고, 무덤 주변에 잡초를 뽑는 어느 노파의 이야기. 누군가에게는 너무나 괴기한 일이겠지만, 나에게 저 일들은 모두 저 노파의 쓸모 그 자체였다.

헤어지고 나서도 소설 속 지훈이 '앨리스의 다락방'을 가는 것과 아들이 죽고 나서도 노파가 '아들의 묘지'에 가는 것은 결국 그 유대감을 기억하기 위한 몸부림이 아니었을까? 예전에는 무언가를 기억하기 위해 비석을 세우고, 공원을 만들고 하는 것들이 거추장스럽게 느껴지기도 했었는데, 이제는 사랑하는 누군가를 기억하기 위해 그 어떤 행위도 하지 않는 것을 상상조차 할 수 없게 되었다. 얼마 전, 뉴스에서 성수대교 붕괴 사고 위령비가 강변북로 한복판에 있어 접근이 어렵다는 소식을 들은 적이 있다. 씨랜드 화재 추모비는 아직 세워지지도 않았고, 무엇보다 와우아파트 붕괴 현장에는 바닥에 있는 작은 동판이 전부라는 사실도 알게 되었다. 다시 한번 말하지만 예전에는 무언가를 기억하기 위해 비석을 세우고, 공원을 만들고 하는 것들이 거추장스럽게 느껴지기도 했었는데, 이제는 사랑하는 누군가를 기억하기 위해 그 어떤 행위

　　　　　　　　　　　이유 없는 다정함 : 김연수의 문장들

도 하지 않는 것을 상상조차 할 수 없게 되었는데 말이다.

　헤어졌건, 죽었건, 사랑했다면 여전히 나의 쓸모는 거기에, 그 장소에 있다. 김연수는 『청춘의 문장들』 리에디션 특별판을 출간하면서 "2080년이라면, 확실히 나는 죽고 없는 세상일 것이다. 내가 죽고 없는 세상은 과연 어떤 곳일까?"라고 물었다. 문득, 2080년이라면, 나와 아내는 죽고 없을 시기, 그러니까 우리 딸아이가 완연히 고아가 되어 있을 시기라는 생각이 들었다. 과연 아빠와 엄마가 없는 2080년은 우리 딸아이에게 어떤 세상일까? 또 우리 딸아이는 어떤 장소에서 어떤 기억으로 엄마와 아빠를 기억하고 있을까? 그때까지도 우리 딸아이의 쓸모에 엄마와 아빠가 포함되어 있기는 할까? 오늘은 어린이날이다. 딸아이를 사랑하기에, 좋은 아빠가 되고 싶은 나에게, 나의 쓸모는 여전히 딸아이와 함께 있는 그 공간, 거기에 있다고 확언한다. 새삼스러운 약속이지만, 더 사랑하고, 더 쓸모 있게, 더 기억할게. 이레야.

7

유심

쏠지 말자. 더 이상 마음을 쏠지 말고 무심해지자.

「무아를 향한 공무 여행」, 『일곱 해의 마지막』, 206쪽

소설에서 시인 백석은 밤에 자다가 깨어 밖으로 나왔다가 우연히 새끼 암양 한 마리를 발견한다. 양을 한번 안아보려다가 포기하고 양을 양사로 데리고 가는데, 문득 눈 위에 찍힌 선명한 양의 발자국을 보고 말한다. "어떻게 이토록 선명한가?" 다시 이태준이 들려준 달빛 이야기를 떠올리며, 달빛을 보게 되고, "무심해지자" 이렇게 결심하게 된다. 그런데 이렇게 무심해지자고 생각하자, 갑자기 글자들이 머릿속에서 떠오르게 되는데, 이때부터 조합원들의 눈치나 감시 따위에는 신경 쓰지 않고 밤새도록 시를 쓰게 된

다. 스스로 부정하던 시인 백석으로 돌아가 그는 정말로 세상사의 시선에 무심해져버린 것이다.

우리에게는 매우 생소하지만, 브룰리 궤양(buruli ulcer)이라는 병이 있다. 이 병은 한센병이나 결핵을 일으키는 박테리아가 주요 원인인데, 아프리카 일부 지역에서는 이 브룰리 궤양에 걸리는 환자들이 꽤 많다고 한다. 갑자기 아프리카 일부 지역에서 많이 걸리는 궤양을 이야기하는 이유는, 이 브룰리 궤양이 15세 미만의 어린이들에게서 주로 발병하고, 매해 7천 명 이상의 많은 환자가 꾸준하게 발생하고 있음에도 불구하고 2021년 기준으로 예방 백신이나 별도의 치료제가 개발되지 않았기 때문이다. 브룰리 궤양에 걸리면, 처음에는 작은 혹 정도의 증상만 있지만, 시간이 지나면서 살이 썩어 들어가서 통증이 심해지고, 이게 뼈로 전이되면 골수염을 일으킬 수도 있다. 특히 어린이의 경우, 브룰리 궤양을 겪고 나면 심각한 장애를 겪게 될 수도 있고, 생각보다 큰 흉터가 남기도 하는데, 이렇게 심각한 궤양을 치료할 수 있는 예방 백신이나 별도의 치료제가 어떤 이유로 개발되지 않는 것일까?

그 이유를 KBS 다큐멘터리를 보고서야 알게 되었다. 가장 중요한 이유는 브룰리 궤양이 아프리카에서만 주로 발병하는 토착

질병이기 때문이다. 정확히는 서아프리카, 더 정확히는 코트디부아르를 비롯한 인근 국가에서 주로 발병하는 궤양으로, 어린이들에게서만 발병하기 때문에, 의학적 관심에서 배제되어 있다는 것이다. 실제로 이곳에는 이들을 치료할 의사도 거의 없을뿐더러, 15세 미만 소아의 피부만을 전문적으로 치료할 수 있는 소아 전문의는 더 찾아볼 수 없다고 한다. 이와 같은 이유로 브룰리 궤양에 대한 많은 임상 경험이 누적되지 않았고, 그러다 보니까 치료제 개발이나 백신 연구로 전이되지 않고 있다는 것이다. 또한 무엇보다 고가의 개발 비용이 드는 치료제나 백신은 어느 정도 소비가 확보되어야 개발에 착수할 수가 있는데, 경제적으로 뒤처진 아프리카, 그것도 아프리카에서 상대적으로 경제적 약자인 어린이들이 이 궤양에 걸렸다고 해서 약을 소비할 가능성이 매우 낮다는 것이다.

이런 이유로 아프리카에서 브룰리 궤양에 노출된 어린이들은 아주 무심하게도 살이 썩어 들어가는 고통 속에 덩그러니 방치되어 있다. 우리도 살다 보면, 이러저러한 복잡한 이유들 때문에, 무심해지자고 결심할 때가 많다. 먹고살기도 바쁜데, 저 아프리카 어디에서 발생하는 일이 나랑 무슨 상관인가? 그런데 이렇게 단순해지자고 생각하고 나면, 선명하게 보여야 하는 건 사라지고,

이유 없는 다정함 : 김연수의 문장들

굳이 마음 쓸 필요 없는 것들은 선명해진다. 그게 무엇이든 간에 쏟고 쓰면 그만큼 다른 데 쏟고 쓸 수 있는 마음은 사라지는 법. 초기 치료만 적절하게 제공되면 완치될 확률이 아주 높지만, 아프리카에서 발병한다는 이유로 치료제 개발이 더딘 브룰리 궤양을 볼 때마다, 나는 다시 결심한다. 무관심해지지 말자, 유심(有心)해지자, 최소한 어떤 특정 상황에서만이라도 돈 따위 명예 따위에 무심해져보자, 그러니까 여기에 더 이상 마음을 쏟지 말고 저기에 마음을 쏟아보자, 그렇게 생각하게 된다. 오늘도 이러저러한 탁상(濁想)에 무심해지자고 다짐했다가 브룰리 궤양 앞에서 마음을 고쳐먹는다. 마음을 쏟자고. 무심해졌을 때 선명하게 드러나는 이들을 너그럽게 바라보자고. 정말 원 없이 유심해져보자고.

8

생채기

전쟁이 끝나자 전쟁보다 더 나쁜 게 있다는 것을 알게 됐다.
그것은 지옥 이후에도 계속되는 삶이었다.

「우리가 알던 세상의 끝」, 『일곱 해의 마지막』, 117쪽

소설에서 시인 백석은 소련 시인 벨라의 환영 만찬에 참석해서 그녀의 고향이 '스탈린그라드(현재의 볼고그라드)'라는 사실을 알게 된다. 그런데 그녀는 심드렁하게 더 이상 인민들이 '스탈린그라드'라는 이름을 자랑스러워하지 않는다고 말한다. 북한에서 '스탈린그라드'는 붉은 군대의 위상과 스탈린의 영웅적 항전 덕분에 유명세를 타고 있었기에 백석은 이 말을 쉽사리 납득하지 못한다. 벨라는 오히려 백석에게 그 어떤 도시에도 이제 스탈린그라드는

이유 없는 다정함 : 김연수의 문장들

필요 없으며, 영화 〈스탈린그라드의 격전〉이 받은 '스탈린상'도 이제 '소련연방상'으로 바뀌었다고 말한다. 벨라는 세상이라는 건 영원한 것이 없는 곳을 말한다며, 뒤바뀐 스탈린의 위상을 비꼬는데, 백석은 역설적이게도 '전쟁'이 주는 비참함은 전쟁 후, 그러니까 스탈린그라드의 몰락 이후에도 '계속'된다고 말한다. 진짜 비참함은 전쟁 이후에 경험한다는 것이다.

언젠가 영화 〈콰이어트 플레이스〉 이야기를 하다가, 그런 영화를 안 본다는 사람과 논쟁 아닌 논쟁을 벌인 적이 있다. 그 사람 말인즉슨, 갑자기 사람을 놀라게 하는 귀신 영화를 좋아하지 않는다는 것이었는데, 이 영화에는 귀신이 나오지도 않을뿐더러, 무서운 존재가 주는 '공포'가 핵심도 아니었다. 이 영화는 무서운 존재가 들이닥친 전쟁 이후에 한 가족이 처절하게 몸부림치는 '생존기'가 핵심이라는 게 내 주장이었다. 그 사람이 내 이야기를 듣고 〈콰이어트 플레이스〉를 실제로 봤는지는 모르겠지만, 진짜 이 영화의 핵심은 살아남은 자들의 처절한 생존기, 그 자체라는 점만은 분명하다. 거시적인 차원에서의 전쟁은 종료되었지만, 국지전 성격의 전투가 지속되는 삶 속에서, 소리에 예민한 존재들을 피해 가족들이 일사불란하게 맞서는 모습을 보면, "지옥 이후에도 계속되는 삶"이라는 게 무엇인지를 분명하게 확인할 수 있다.

언젠가 홍수로 아이를 잃은 어떤 아버지의 인터뷰를 뉴스에서 본 적이 있다. 그날 새벽에 많은 비가 내렸고, 비가 많이 내려서 잠에서 깬 아버지가 상황을 확인하기 위해 잠시 밖으로 나왔는데, 하필 그때 산사태가 나서 집을 휩쓸고 가버렸다고. 문제는 그 당시 집에, 모시고 사는 노모와 태어난 지 9개월밖에 안 된 딸과 사랑하는 아내가 자고 있었다는 것이다. 추가로 산사태가 발생할 수도 있어 경찰이 집 근처로 접근을 불허한 가운데, 접근을 막는 그 경찰 앞에서 인터뷰하던 아버지는 인터뷰 내내 울고 있었다. 제가 그때 구궁 하는 소리를 듣고 저만 나가지 않고 가족들을 모두 깨웠다면, ……아니 그때 차라리 내가 옷이나 먹을 걸 챙길 테니까 가족들을 먼저 집 밖으로 내보냈다면, 나야 죽으면 그만이잖아, 아니 그냥 같이 죽어버렸으면, ……이렇게 자책으로 도배된 아버지의 인터뷰를 보면서 전쟁 이후 살아남은 자만이 온전히 감당해야 하는 지옥이 무엇인지를 확인할 수 있었다.

전쟁이 끝나면 우리는 정말 모든 전쟁이 끝났다고 생각한다. 그리고 전쟁 후에 살려고 몸부림치는 누군가를 향해서 힐난하기도 하고 악플을 달기도 한다. 보상금 더 받으려고 저런다고. 저런 파렴치한들이 없다고. 이제, 그만 좀 하자고 말이다. 모든 가능성을 동원해서 '내 탓이오'를 외치며, 자책하는 사람들을 향해, 우리는 너무나 쉽게 판단하고 당당하게 생채기를 남긴다. 그런데, 우리가 기억해야 하는 건, 전쟁이 끝나야지만 모습을 드러내는 진짜 전쟁이 또 있다는 것이다. '이기느냐 지느냐'의 문제를 넘어서, '견디느냐 못 견디느냐'와 같은 생존과 연결된 바로 그 처절한 전쟁. 작은 생채기들이 모이면 큰 상처가 되듯이, 큰 상처는 결국 자책하고 있는 누군가를 무너지게 만들 것이다. 우리가 꼭 기억해야 할 것이 있다면, 누군가를 향한 관심을 저버리지 말아야 한다는 것, 무엇보다 생존을 위한 전쟁을 이어가는 누군가의 처절함을 기억해야 하고, 끝까지 손을 내밀어 위로와 도움을 줄 수 있어야 한다는 것. 이게 윤리고, 이게 인간이라는 것이다.

9

MBTI

단지 그는 말하고 나는 듣는다는 사실만으로도
나는 그 사람을 이해할 수 있을 것 같았다.
그리고 그런 식으로라도 나 역시 누군가에게 이해받고 싶었다.

「2015년 7월 29일」, 『시절일기』, 120쪽

사람들 대부분은 고독(孤獨)을 무서워한다. 그러니까 혼자가 되는 것을 어려워한다고 해야 할까? 피곤하더라도 밤에 친구를 만나러 나가거나 결혼할 마음이 없으면서도 결혼하려고 몸부림치고 있다면, 여기에는 반드시 고독이 크게 한몫했을 것이다. 본래 고독은 우리가 너무나 잘 알고 있듯이, '외롭고 쓸쓸하다'는 뜻이다. 그런데 여기서 주의 깊게 볼 사실은 '고'가 고아(孤兒), 즉 부모를 여읜 아이를 가리킬 때의 그 '고'랑 같은 한자라는 점이다. 그러니까 고독이라는 건, 단순히 외롭고 쓸쓸한 상태를 가리키는 말이 아니라, 사랑하는 부모를 여읜 '아이'가 느끼는 슬픔, 아픔, 외로움까지를 모두 아우르는 외롭고 쓸쓸한 상태를 말하는 것이다. 생각해보면, 이 얼마나 측량할 수 없는 가엾은 상태란 말인가?

요즘 MBTI가 유행이다. 자신의 MBTI가 무엇인지, 친구의 MBTI는 무엇인지, 서로 이야기하는 경우가 흔해졌다. 16개의 MBTI 중에서 굳이 내 MBTI를 말하자면, 나는 ENFJ인데, 나무위키에 소개된 ENFJ의 특징은 다음과 같다. 우선 나는 E라서 외향적이고 N이라서 직관적이며, F라서 감정적이고 J라서 판단적이다. 내가 정말 이런지는 모르겠지만, 나는 '선도자'이면서 '언변능숙형'이고, 버락 오바마 전 대통령을 포함해서 체육인 김동현, 방송인 강다니엘이 모두 나와 같은 MBTI 유형이란다. 영광이다. 그런데 어떤 친구 하나가 자신은 ESTJ인데, 이 유형은 '외로움을 안 탄다'라고 말한 적이 있었다. 외로움을 안 탄다니, 이게 말이 되나? MBTI가 아무리 정확하다고 해도, 사람이 외로움을 안 탈 수 있다는 말에는 납득할 수 없었다. MBTI와 상관없이 인간은 고독을 피할 수 없는 존재이기 때문이다.

김연수는 '작가'가 되려면 고독은 피할 수 없다고 말한다. 가장 고독해졌을 때, 바로 그때가 글을 쓰기에 가장 좋다는 것인데, 그러면서 소설가가 되지 못했더라도 고독을 피할 수는 없었을 것이라고 단언한다. MBTI의 명쾌한 분류와 합리적인 설명에도 불구하고, 개인적으로 그간 MBTI에 심드렁했던 이유는 이와 같은 피할 수 없는 영역까지도 분류, 유형화를 해놓은 부분 때문이었다. 고독은 김연수의 말마따나 직업에 따라 피할 수 있는 것도 아니고, MBTI 유형에 따라 피할 수 있는 것도 아니다. 고독은 이미 오래전부터 우리 옆에 와 있는 것들로 항상 함께하기 때문이다. 이렇게 고독이 이미 우리 곁에 와 있다면, 이때 중요한 건 적절한 위로일 텐데, 김연수는 새벽 3시에 듣는 '심야 라디오'에서 위로를 받았다고 말했다. 너무나 평범한 일반인이 DJ가 되어 자신의 시시콜콜한 일상적 이야기를 하는 바로 그 라디오를 '듣는 것'만으로도 김연수는 '위로'가 되었다고 말했다.

누군가의 이야기를 진득이 들어본 적이 있다면 듣기가 얼마나 어려운지를 이해하게 된다. 가만히 생각해보면, 우리가 이야기하다가 기분이 나빠지는 찰나는 나는 들어줬는데, 상대방은 내 말을 자르고 자신이 하고 싶은 말만을 쏟아내는 바로 그 순간부터이다. 그러니까 듣기가 거절되는 순간, '이해'받지 못했다는 사실 때문에 이미 우리 곁에 와 있는 '고독'을 어쩔 수 없이 재인식하게 된다. 그만큼 듣기라는 건, 그 자체로 곧 위로고 이 듣기는 상대방에 대한 이해를 동반한다. 언제부턴가 학생들과의 상담 시간을 늘린 이유도, 할 말이 별로 없지만 엄마 아빠한테 시답지 않게 전화를 자주 하는 이유도, 딸아이가 무슨 말을 하려고 하면 귀를 크게 열고 듣는 이유도, 거의 날마다 하루를 마무리하면서 밤에 아내의 이야기를 듣는 이유도 모두 여기에 있다. 내가 피곤하고 졸려도 들으려고 하는 이유는 내가 당신을 이해하려 노력하고 있다, 당신을 위로하고 싶다는 바로 그 '메시지' 때문이다. 자르지 말고 충분히 듣는 것. 이게 내가 알고 있는 유일한 위로다.

10

재능

재능은 데뷔할 때만 필요하다.
그다음에는 체력이 필요할 뿐이다.

「2013년 12월 19일」, 『시절일기』, 53쪽

최근 K팝이 전세계적으로 큰 인기를 얻고 있다. 유럽이나 미국에서 K팝 콘서트가 열리면 정말 많은 사람들이 참석하고 싶어 하고 열광한다고 하니, 참 대단한 일이다. 그런데, K팝의 인기와 더불어 한국의 아이돌 시스템도 함께 조명받고 있다. 10대 초반에 기획사에 들어와 연습생 생활을 거치면서, 발성, 노래, 춤, 연기 등을 집중적으로 훈련받는 한국식 시스템에 대한 재조명이다. 이 기간이 짧으면 2년에서 3년, 길면 5년에서 6년쯤인데, 하루에 10

시간 가까이 훈련에만 매진한다고 하니, 새삼 이 연습생들의 '체력'에 놀라지 않을 수 없다. 이 시스템에 대해서 사육형이네, 감옥형이네, 부정적인 의견도 많지만, 다른 건 몰라도 '지구력', '체력'의 입장에서만 보자면, 나름 이 시스템의 장점도 확실해 보인다.

갑자기 아이돌 이야기를 꺼낸 이유는, 재능에 대해서 말하고 싶었기 때문이다. 김연수는 소설가의 재능에 대해 말하면서 '체력'을 이야기했다. 생경한 지적인데, 재능이란 처음 등단할 때 한두 권의 책을 쓰면서 모두 소진된다고 말하며, 그 후에 소설을 쓸 수 있는 원동력은 체력뿐이라는 것이다. 재능이 있는 누군가가 소설 한 편쯤 마무리해서 벼락같은 축복이라는 헌사와 함께 등장할 수 있지만, 그 후 '작가'라는 이름으로 현현하기 위해서는 지구력, 그러니까 체력이 필요하다는 것이다. 그런데 이게 작가에게만 통용되는 말은 아닐 것이다. 가만히 생각해보면 우리 주변에 모든 일이 다 그렇기 때문이다. 그러니까 누구나 시작할 수는 있지만, 누구나가 계속할 수는 없는 법이다. 결국 번뜩이는 재능의 세계를 벗어나 꾸준함의 세계로 들어온 사람만이 작가, 전문가, 성공한 사람이 될 수 있다. 처음에 반짝하고 등장했다가 사라지는 사람들은 재능이 없었다기보다 체력이 없었던 것이다.

다시 돌아와 K팝 아이돌의 입장에서 그 어린 시절, 하루 10시간씩 받는 고강도 훈련은 분명 힘든 고난의 여정이다. 그렇지만 관점을 조금 달리하면, 노래를 좀 잘하고 춤을 잘 춘다는 재능만을 믿고 의기양양하게 가수를 꿈꾸는 연습생에게, 연습생 시절은 진짜 재능이 훈련을 통해 꾸준함을 유지할 수 있는 '체력'임을 자각하도록 알려준다는 점에서 의미가 있다. 그러니까 이 분야에서 이런 체력을 써가면서까지 존재할 이유를 못 찾는 경우, 빠르게 다른 길로 들어설 기회를 준다는 점에서 그렇다. 왜, 세계 최고의 축구 선수 '손흥민' 선수가 여전히 열심히 훈련하는 모습만 봐도 알 수 있지 않은가? 달리기가 빠르고, 발기술이 좋고, 체격이 좋아서 좋은 축구 선수가 될 수 있는 것이 아니라, 경기에서 속도 경쟁이 필요할 때 빠른 발을 사용하고, 발기술이 필요한 상황에서 상대 선수를 제치며, 몸싸움이 필요할 때 효과적으로 체격을 활용할 수 있도록 고된 훈련을 꾸준하게 해야 정말 재능 있는 축구 선수가 될 수 있기 때문이다.

재능이 있다고 꼭 성공하지는 않지만, 체력이 있으면 결국엔 롱런(long-run)하는 법이다. 학교에서 학생들을 가르치다 보면, 똑똑한 첫인상과는 달리, 갈지자 행보를 보이며 학업을 완료하지 못하고 사라지는 학생들이 간혹 보인다. 그 학생들 나름의 복잡한 상황이 있으리라는 것을 충분히 이해하지만, 다른 한편으로는 이 학생들에게 정말 필요한 것은 '재능'이 아니라 '체력'이구나, 이렇게 깨닫는 계기가 되기도 한다. 누구나 시작할 수는 있지만, 누구나 끝마칠 수는 없다. 어딘가에서 보잘것없는 재능을 한탄하며 자신의 왜소함만 보고 다른 곳을 기웃거리는 사람들이 있다면, 일단 이렇게 말해주고 싶다. 괜찮다고, 일단 헬스클럽에 등록해서 체력부터 키우라고, 그리고 긴 호흡으로 꾸준하게 다시 시작해보라고, 실수할 수 있고 실패할 수 있다고. 그런데 이때 실수했음에도 처음 그 마음을 잃지 않고 다시 시작할 수 있는 것. 그 왜소함을 넘어설 수 있는 것, 그게 바로 재능이라고. 이렇게 말해주고 싶다.

11

여행

여행의 교훈은 내가 보는 세상이 이처럼 상대성의 원리로
움직인다는 사실을 깨닫는 것인지도 모른다.

「여행의 불편함은 시차 같은 것」, 『언젠가 아마도』, 121쪽

코로나가 끝났다. 물론 질병으로서의 코로나는 여전히 유지 중
이지만 하나의 사태로서의 코로나는 종식되었다. 코로나가 끝났
다는 것을 가장 먼저 알 수 있는 곳은 바로 공항이다. 공항을 보면
해외로 떠나는 사람들이 기하급수적으로 증가했음을 확인할 수
있다. 김연수의 『여행할 권리』에서 우리가 여행을 가는 이유를 짐
작할 수 있는데, 바로 나의 삶을 살아가는 사람이 많지 않기 때문
이란다. 그러니까 바쁘게 살다 보면, 내 삶에서 채워지지 않는 부

이유 없는 다정함 : 김연수의 문장들

분이 있고, 이 부분을 채우기 위해서 기꺼이 여행을 간다는 것이다. 해외여행을 가본 사람은 알겠지만, 여행 준비는 그 여행이 해외 여행이건 국내 여행이건 녹록지가 않다. 그런데 이런 수고로움을 불사하면서까지 여행을 가는 이유는 나의 삶의 빈틈을 채워야한다는 일종의 부채감 때문이다. 이러한 부채감에서 출발하는 여행이니까, 결국 '절대적'으로 '나'에게만 집중하게 된다. 여행에서 이 '절대성'은 필연적이다.

그런데 김연수는 일본, 중국을 여행한 경험을 이야기하면서 '절대성'이 아니라 '상대성'에 대해서 언급한다. 중국에서 한국으로 돌아온 후에 거리가 깨끗하다고 느끼는 것처럼, 한국에서 일본으로 가도 똑같이 깨끗한 느낌을 받는다는 것이다. 그런데 이는 어떤 지역적 차이, 수준의 차이라기보다 '시차'와 같은 인식적 차이라고 말한다. 얼핏 동북아시아 3국은 생김새나 여러 면에서 비슷해 보이지만, 결국 여행해보면 그렇지가 않다는 것을 깨닫게 된다. 그러면서 결국 우리가 인정해야 하는 것은 '상대성의 원리', 그러니까 '시차적 차이'에 대한 인정이라고 말한다. 이 상대성의 원리는 직접 그곳에 가봤기에, 그러니까 대단한 수고로움을 무릅쓰고 기꺼이 여행을 떠나 비로소 무언가를 봤기에 획득될 수 있는 태도가 된다. 그런데 내 경험에 비춰보자면, 이 상대성은 단순히 여행지에만 국한되지 않는 것 같다.

　최근에 가족끼리 일본 오사카에 여행을 다녀왔는데, 그때 흥미로운 경험을 했다. 나, 아내, 딸까지 우리 세 명은 일본 여행이라는 하나의 여행을 같이 한다고 생각했었는데, 사실 우리는 각자의 여행 취향을 상대적으로 인정하며 함께 여행했다는 것을 깨달았다. 수영이 부쩍 늘어서 수영 중심의 여행을 선호하는 우리 딸을 위해서 상대적으로 평범한 수영 실력을 가진 나와 아내는 기꺼이 하루를 수영장에서 소비했다. 반대로 걷는 걸 극도로 싫어하는 우리 딸은 일본 전통 시장에 가서 일본 문화를 체험하고 쇼핑도 하자는 엄마의 말에, 군말 없이 따라나서 하루를 기꺼이 전통 시장 체험에 내주었다. 그리고 호텔에서 신간 소설을 읽으며 글을 쓰고 싶다는 내 말에 아내와 딸은 각자 준비해 온 공부와 일들을 하며 방 한편의 소파에서 조용히 하루를 보내주었다. 우리는 같은 하나의 여행을 하고 있다고 생각했지만 상대성의 원리에 따라 서로의 시차를 이해하며 각자의 여행에 참여하고 있었던 것이다.

　프로 여행러란, 그 누구보다 상대성의 원리에 따라 해석하고 인정하며, 배려하고 이해하는 사람이 아닐까 싶다. 최근 주목받고 있는 여행 유튜버 '빠니보틀'의 영상들을 보면서 어느 여행지를 누구랑 가든지 간에 상대성의 원리에 따라 '그럴 수 있다'고 반응하는 모습에 감명을 받았다. 이런 모습은 연예인 여럿이 같이 여행을 가는 프로그램에서 으레 나타나는 출연진 사이의 다툼이나 갈등과 비교되면서 너무나 인상적으로 다가왔다. 그리고 이 지점에서 여행의 교훈이 '상대성의 원리'에 있다는 김연수의 말에 다시 공감할 수밖에 없었다. 꼭 여행 유튜버가 아니더라도, 우리는 때가 되면 기다렸다는 듯이 어딘가로 여행을 가게 될 터인데, 이때 반드시 '새로운 시차'가 주는 '상대성'을 기억해야 한다. 그리고 이러한 누적된 시차가 제공하는 상대성이 장착되면, 어느 '여행지'를 가더라도 미처 경험할 수 없었던 것들을 새로운 시차로 재인식할 수 있게 될 것이다. 상대적으로, 그 누구보다 더 상대적으로 말이다.

12

난쟁이

조직은 인간을 난쟁이로 만든다는 것,

고독은 우리의 성장판이라는 것,

누가 알아주든 알아주지 않든 해야 할 일을 할 때,

인간은 자기보다 더 큰 존재가 된다는 것.

「안중근의 손가락이 내게 들려준 말」, 『언젠가 아마도』, 141쪽

스티브 잡스는 아이폰을 개발하면서 디지털 기기 역사에서 가장 중요한 인물이 되었다. 요즘은 스마트폰을 사용하는 사람 두 명 중 한 명은 아이폰을 사용하지만, 처음 아이폰이 등장했을 때는 조롱과 비난이 난무했었다. 그런데 스티브 잡스의 이 아이폰은 갑자기 등장한 것이 아니다. 잡스가 애플로 다시 돌아와 아이폰을

만들기 전, 20대의 잡스는 애플1이라는 PC를 처음으로 만들었다. 666달러에 팔았다고 하는 이 전설의 PC를 새삼 거론하는 이유는, 이 PC가 스마트폰에 대한 개념이 없던 시절 등장한 아이폰처럼, PC에 대한 개념이 없던 시절에 등장한 PC였기 때문이다. 하지만 일반적으로 조직에서 스티브 잡스 같은 사람은 'something weird', 그러니까 난쟁이 취급당하기 십상이다. 스마트폰이라는 게 없던 시절, 그러니까 PC라는 개념 자체가 없던 시절, 저런 시도들은 난쟁이 취급당하기 딱 좋은 사례가 아닌가?

김연수는 안중근이 이토를 저격하기까지의 발자취를 따라가는 여행에 나섰다가 안중근의 고독을 이해해버렸다고 말한다. 안중근은 이토를 저격하러 하얼빈으로 가기 전에 함께 있던 동지들과 같이 왼손 약지를 자르고, 혈서를 써 결의를 다졌다. 그런데 만약 그가 이토를 암살하는 데 실패했다고 가정할 경우, 과연 생살과 뼈를 자르고, 혈서까지 썼다는 저 사건이 과연 사람들에게 알려지기나 했겠냐는 것이다. 즉, 광복군이건 독립 인사 누구이건 그 어떤 조직의 배후나 후원도 없이 그는 홀로 이토를 처단하기로 결심하고 자신의 결기를 확인하기 위해 약지를 자른 것이다. 이 결심과 행동을 하는 과정에서 수백 번 난쟁이처럼 작아졌을 안중근의 고독을 김연수는 그 여행에서 확인한 것이다.

누가 알아주지 않더라도 해야 할 일을 할 때, 우리는 고독해진다. 그리고 그런 일을 하는 경우 우리는 필연적으로 작아진다. 그런데 역설적이게도 이런 일을 해내야 비로소, 우리는 '더 큰 존재'가 될 수 있다. 스티브 잡스의 '애플1'이 그랬고, 안중근의 '약지'가 그랬으며, 지금도 아무도 알아주지 않지만, 묵묵히 무언가를 하고 있을 당신들의 '그 무언가'가 그렇다. 나는 버스나 지하철에 타서 어른들을 만나면 대부분 자리를 양보하는 편이다. 여기서 '대부분'이라고 말한 이유는 몸이 피곤하고 아프면 타자마자 잠드는 경우가 있어, 이런 때는 양보를 못하기 때문이다. 그런데 모두가 어른이 탔다고 자리를 양보하지 않기 때문에, 버스나 지하철에서 자리를 양보하기 위해 일어나려면 꽤 많은 용기가 필요하다. 분명 누군가에게는 유난을 떠는 걸로 보일 수도 있기에, 초등학교 때 처음 어르신들에게 자리를 양보할 때는 심장이 쿵쾅거렸던 기억이 난다. 하지만 당당하게 자리를 양보하고 나면, 그다음부터는 더 자연스럽게 그런 시선에 아랑곳하지 않고 양보할 수 있게 된다. 더 큰 존재가 된 것이다.

'자리 양보'를 디지털 혁명을 이끈 스티브 잡스와 독립운동을 주도한 안중근과 비교해서 굉장히 부끄럽지만, 그럼에도 불구하고 말할 수 있는 것은, '이게 맞다'라고 판단한 일이 있다면, 누가

이유 없는 다정함 : 김연수의 문장들

알아주지 않더라도 그 일을 응당 해야 한다는 것이다. 난쟁이처럼 작아졌던 고독의 시간이 지나고 나면, 반드시 그 시간이 성장판이 되어 더 큰 존재로 성장한 '나'를 보게 될 테니까. 이제 우리는 더 큰 존재가 된 사람들을 보면서 그 사람들이 겪었을 고독도 함께 볼 수 있을 것이다. 조직의 네트워크가 주는 달콤함과 조직에서만 받을 수 있는 동정을 스스로 걷어차고 고독해졌던 시간들을. 사람들을 만나서 쉽게 위로받기보다 홀로 다짐하고 계획을 점검하며 보냈던 그 고독의 시간들을 말이다. 조직은 인간을 난쟁이로 만들지만, 고독은 인간을 더 큰 존재로 만든다. '더 커진 존재'가 될 것을 기대하며, 앞으로도 계속, 난쟁이 같은 난쟁이가 되겠다.

13

인생 : 할머니

인생의 모든 순간은
딱 한 번 우리에게 다가왔다가 영영 멀어진다.
「말하려다 그만두고 말하려다 그만두고」, 『지지 않는다는 말』, 62쪽

많은 사람들이 인생 영화로 꼽는 것 중에, 〈스모크〉가 있다. 나는 김연수가 김중혁과 같이 쓴 『대책 없이 해피엔딩』에서 이 영화를 처음 알게 됐고, 2012년쯤에 이 영화를 처음 봤었다. 몇몇 인상적인 장면이 있었지만, 그중 가장 손에 꼽는 장면은 담배 가게 주인 '오기 렌'과 소설가 '폴 벤자민'이 같이 사진을 보면서 이야기하는 장면이다. 평소와 달리 늦게 담배를 사러 온 폴이 계산하다가 우연히 오기의 카메라를 발견하자, 오기가 그간 찍은 사진들을

폴에게 보여주게 된다. 10년 동안 매일 아침 8시에 나가 브루클린 7번가와 3번가 모퉁이를 찍은 4천 장의 사진들을 천천히 보면서 폴은 'all the same'이라고 말한다. 그때 모두 같아 보이지만 모두 다 다른 사진이라며, 사진을 천천히 보라고 말을 하는 오기. 천천히 사진을 보던 중, 폴은 어느 사진에서 출근하는 아내를 발견하고 눈물을 흘린다.

사실 폴의 아내는 3년 전, 집에 침입한 강도의 총격으로 목숨을 잃었다. 폴은 소설가지만 그 후 거의 글을 쓰지 못하던 상황이었는데, 마침 우연히 들른 담배 가게에서 죽은 아내가 담긴 사진을 발견한 것이다. 다 똑같은 사진이라고 생각했는데, 그게 아니라는 걸 깨닫는 그 장면. 생각해보면, 2012년에 나는 지리멸렬한 하루하루를 보내고 있었다. 정말 지리멸렬했다. 군대를 막 전역하고 결혼은 했는데, 직업은 없었고, 나의 사회적 신분은 대학원생이었다. 아내가 출근하고 집에 혼자 있을 때면, '어제', '오늘', '내일'이 너무나 똑같아서 그 지리멸렬함에 압도당하던 때였다. 군대를 마치고, 결혼까지 했지만, 하루하루가 모두 똑같다는 생각에 더 살 이유조차 찾지 못할 때였다. 그런데 역설적이지만, 갑자기 주어진 무료한 시간 덕분에 나는 영화를 볼 시간을 확보할 수 있었고, 『대책 없이 해피엔딩』도 다시 읽어가면서 영화 〈스모크〉도 볼 수 있었다. 인생이란 참.

　문득 할머니가 돌아가셨을 때가 생각난다. 2021년 4월 4일 5시쯤에 할머니가 돌아가셨는데, 내가 비교적 정확한 시간을 기억하는 이유는 다음과 같다. 코로나 때문에 병원에 면회를 못 가다가 위독하다는 소식에, 의식 없이 누워 있는 할머니를 1년 만에 짧게 만나고 집에 돌아온 시각이 4시 50분이었고 그로부터 약 10분 뒤 영면하셨다고 부모님으로부터 연락을 받았기 때문이다. 사실 할머니하고 나는 정말 친밀한 사이였다. 병원에 갔을 때, 거기 계신 간호사분들이 대체 그 유명한 둘째 손자가 누구냐고 되물을 정도였으니까. 살아 계실 때 할머니는 나에게 일제강점기 이야기부터 한국전쟁 이야기, 아빠 어렸을 때 이야기를 해주셨는데, 거기에 할머니의 감정, 생각, 체험 등이 고스란히 담겨 있어 정말 재미있게 들었던 기억이 난다. 부모님은 매번 똑같은 이야기인데, 올 때마다 무슨 이야기를 더 들을 게 있냐고 묻기도 하셨지만, 나에게는 전부 다 다른 이야기였다. 정말 완전히 다른 각각의 이야기.

　언젠가 할머니가 돌아가시고, 대학원에서 수업을 하는데, 어떤 이야기를 하다가, 우리 인생에서 모든 순간은 결국 한 번뿐이라는 말을 한 적이 있다. 그런데 갑자기 그 순간, 할머니 생각이 나서 나도 모르게 눈물이 나왔다. 코로나 때문에 화상 수업 중이었는데, 교실에서 수업을 했더라면 큰 낭패를 볼 뻔했다. 이제 더 이상 할머니가 해주시는 일제강점기 이야기, 그리고 한국전쟁 이야기와 아빠 어린 시절 이야기를 들을 수 없다고 생각하니, "인생의 모든 순간은 딱 한 번"이라는 말이 실감이 났다. 2021년 4월 4일 3시, 산소호흡기에 의지해 침대에 누워 있는 할머니 귀에다가 대고 이렇게 말했었다. "할머니, 고마워요. 할머니가 해주신 이야기 전부 기억할게요. 할머니에게 부끄럽지 않도록 여기서 살고 저도 소천할게요. 그때 우리 다시 만나요." 울면서 이렇게 주절거렸는데, 할머니 눈에도 눈물이 맺혀 있었다. 하루하루를 소중히 여겨야 하는 이유는 모두가 다 똑같아 보이지만 모두 다 다른 하루라는 것, 그리고 그 하루는 한 번 우리에게 왔다가 영영 멀어져버린다는 것. 바로 이 때문이다.

14

노인

삶의 수많은 일들을 무감각하게
여기는 사람은 순식간에 노인이 될 것이다.
기뻐하고, 슬퍼하라. 울고 웃으라. 행복해하고 괴로워하라.

「기뻐하고 슬퍼하라, 울고 웃으라」, 『지지 않는다는 말』, 21쪽

무슨 말을 해도 무감각한 사람들이 있다. 같이 앉아서 같은 공
간에 있지만, 스마트폰만 보고 심드렁한 상태로 내 이야기에 전
혀 흥미를 느끼지 못하는 사람들 말이다. 김중혁은 『뭐라도 되겠
지』에서 우리가 무엇에 기쁨을 느끼는지를 발견할 수 있도록 기회
가 제공되어야 한다고 말했다. 그게 누구더라도 자신이 무엇에 기
쁨을 느끼는지를 발견할 수 있는 기회를 최대한 부여받아야 한다

는 지적인데, 김연수식으로 바꿔보면, 이는 '노인'이 되지 않도록 만들기 위한 필수적 과정이 된다. 그 누구라도 우리는 살아오면서 무수히 많은 사태를 경험하게 되는데, 그 일들에서 기쁨과 슬픔을 다방면으로 체험하지 못하고 그냥 다 똑같이 넘겨버리게 되면, 마치 이 세상을 떠나 죽기만을 기다리는 시한부처럼 모든 것들을 무미건조하게 바라보게만 된다.

언젠가 유튜브에서 신해철의 생전 인터뷰를 본 적이 있다. 한국 사람들은 너무 '결과'에 집착한다고. 그런데 아무리 대단한 결과를 얻더라도 그 기쁨은 며칠 가지 않는다고. 정말 중요한 것은 음악을 준비하고 만드는 '과정'에서의 '희로애락(喜怒哀樂)'이라고 말이다. 이미 많은 성취와 결과를 경험했다고 생각하는 사람들은 과정을 뻔한 것으로 여기는 경우가 많다. 그래서 과정을 뛰어넘어 이미 정신적으로는 그 '예상 결과'에 도달해 있다. 그러니까 그 사람들에게 준비하는 과정은 구차한 단계에 불과하고 이미 충분히 예상한 결과를 얻더라도 과정에서의 '희로애락'은 뒷방 신세이다. 그러니까 "나도 예전에 다 해봤어", 뭐 이런 식이랄까? 그런데, 과정에 집중하는 사람들은 과정에서 경험하는 다양한 감각적 자극을 통해서 기뻐하고, 슬퍼하며, 울기도 하고 웃기도 한다. 우리가 보통 10대들을 보고 바람만 불어도 웃을 나이라고 말하는데, 바꿔 말하면, 노인은 이미 무수히 바람을 맞아봤고, 이제 바람 따위에는 무감각하다는 말과 같다.

월드컵은 4년마다 열리는데, 아쉽게도 나에게 월드컵은 이제 심드렁하다. 기억에 남는 첫 월드컵은 1994년 미국 월드컵이었는데, 이때 한국은 독일, 스페인, 볼리비아와 한 조가 되어 좋은 경기력을 보였다. 특히 스페인과의 첫 경기에서 서정원 선수의 동점골은 지금도 그 기억이 생생하다. 그때는 학교에서조차 정규 수업을 진행하지 않고 전교생이 축구 경기를 봤기에 개인적으로 더 강렬한 기억으로 남아 있다. 그 후에도 나는 1998년 프랑스, 2002년 한국·일본, 2006년 독일, 2010년 남아공, 2014년 브라질, 2018년 러시아, 2022년 카타르까지 여덟 번의 월드컵을 봤다. 올림픽도 마찬가지여서, 1996년 미국 애틀랜타를 기점으로 일곱 번의 하계 올림픽과, 2002년 미국 솔트레이크를 기점으로 여섯 번의 동계 올림픽을 봤다. 모두 스물한 번의 월드컵과 올림픽을 본 사람으로서 이제 나는 이렇게 말한다. "월드컵? 올림픽? 나도 다 봤어. 그거 뭐 새로울 거 있나?"

우리 딸은 2021년 도쿄 올림픽이 분기점이었다. 그 당시 초등학교 1학년이었던 우리 딸은 올림픽에 나가는 한국 선수들의 인터뷰를 찾아 읽고, 출전 종목이나 선수들의 이름, 한국의 올림픽 역대 성적 등을 찾아 읽으며 올림픽을 꽤 열심히 준비했다. 실제 올림픽 기간에는 미리 편의점에서 간식을 사 와서 경기를 보면서 먹었고, 태극기도 미리 준비해서 응원까지 했었다. 귀엽다고 생각을 하면서도 떨칠 수 없었던 생각은, 대체 왜? 뭐가 신기한데? 아깝게 한국 선수가 금메달을 따지 못한 경우에는 나라 잃은 표정으로 주저앉았다가 다른 종목에서 한국 선수가 메달을 따면 거실을 종횡무진 달리며 애국가를 불렀다. 이렇게까지 한다고? 그런데 나와 동갑인 아내 역시 우리 딸 옆에서 같은 태도로 올림픽에 임하는 모습을 보고 나는 적잖게 당황했었다. 기뻐하고 슬퍼하며 울고 웃는 사람이 한 명 더 있었다니. 우리에게는 그냥 지나치는 일들이 정말 많다. 그런데 그 일들이 우리에게 발견되기만을 기다리고 있다고 생각해본 적이 있나? 인생이 무료하다고 하지만, 기뻐하고 슬퍼하며 울고 웃을 수만 있다면, 우리 인생은 여전히 젊다. 그러므로 그럴 수만 있다면, 당연히 우리는 노인일 수 없다.

15
끝 : 농담

더 이상 기다리지 않을 때, 끝나는 법이라오.

「쉽게 끝나지 않을 것 같은 농담」, 『나는 유령작가입니다』, 16쪽

서른네 살에 평범한 회사원인 남자가 있다. '이혼' 후 1년 만에 '우연히' 미국에 있어야 할 전처를 지하철에서 만났고, '우연히' 그녀와 북촌 거리를 정처 없이 돌아다니게 된다. 그 일이 있은 지 며칠 후, '우연히' 만난 그녀와 걸었던 행로를 다시 한번 기억해보기 위해 '북촌 지도'를 사러 가는데, 그 지도 가게 사장이 남자에게 지도를 건네면서 이런 말을 한다. "더 이상 기다리지 않을 때, 끝나는 법이라오." 남자가 그게 무슨 말이냐고 물으니 "방금 장마가 언제 끝날까라고 말하지 않았소?"라고 되묻는다. 그렇다. 남자

는 혼잣말을 했던 것이다. 지하철에서 '우연히' 아내를 만났을 때, 아내는 남자에게 "당신, 요즘도 혼잣말 잘 해?"라고 물었었다. 평소 그런 질문을 스스로에게 해본 적 없던 남자는 내가 혼잣말을 했었나? 자문할 뿐이다.

사실 '끝'은 내가 정하는 것이다. 더 이상 그 사람의 답변을 기다릴 필요가 없는 상태가 된다는 건, 그 사람에게 전혀 궁금한 게 없는 상태라는 것과 마찬가지이다. 우리가 한 공간에 살면서도 그 사람의 슬픔과 기쁨에 전혀 궁금해하지 않는 것은 더 이상 기다리지 않기로 결정했기 때문이다. 소설에서 남자는 그들 부부에게 정말 이혼할 만한 사유가 있었는지, 뭐가 문제였는지를 알기 위해, '우연히' 만난 아내와 거닐었던 북촌 거리를 지도에 표시해가면서 복기한다. 그러던 중 그 행로의 중심에 과거 연암 박지원이 심었다고 하는 한 그루의 나무가 있다는 것을 '우연히' 발견한다. 누구나 알고 있는 것처럼, 우리가 실학자 박지원에 대해 알고 있는 배경지식 수준에서 넘겨버렸다면, 아내와 남자가 걸었던 그 행로 중심에 그 나무가 있다는 사실을 알 수 없었을 것이다. 그런데 이 몰랐을 사실을 알면 알수록 남자는 후일담 형식의 인과관계가 아니라, 사소한 사건과 이 사건들이 연쇄적으로 만드는 '우연'이 마치 시답지 않은 '농담'처럼 우리의 삶에 개입하고 순간순간을 결정한다는 사실을 확인하게 된다.

역사적으로 보자면, 나는 박사학위를 받았고, 전공 관련 논문도 많이 썼기 때문에, 인과관계에 따라서 대학교에서 교직 생활을 한다고 설명할 수 있다. 이것은 누구나 다 알고 있는 사실이다. 하지만 누군가 나에게, 어쩌다 대학교에서 교직 생활을 하게 되었냐고 묻는다면, 나는 어쩌다 보니까 그렇게 되었다고 말할 수 있을 뿐이다. 농담처럼 들릴 수도 있지만 이건 엄연한 사실이다. 박사학위를 받았다고 모두가 교수가 되는 것이 아니며, 학위를 받고도 다른 분야에서 더 멋진 인생을 사시는 분들도 많기 때문이다. 물론 여기에는 항상 학자로서 모범적인 생활을 보여주셨던 지도교수님의 영향도 있고, 항상 부족함 없이 지원을 아끼지 않았던 아버지와 어머니의 영향도 있으며, 무엇보다 책을 읽고 글을 쓰는 걸 좋아했던 내 개인적인 영향과 뭐가 되든지 될 거라던 희망 섞인 기대로 가득 찬 아내의 믿음도 한몫했을 것이다. 농담 같지만 이건 모두 사실이고, 여기 그 어디에도 논리적 인과관계에 따라 박사학위 따위는 들어갈 여지가 없게 된다.

소설에서 여자는 '남자가 나왔다고 하는 꿈 이야기'를 슬쩍 흘리는데, 남자는 그 꿈 이야기에 전혀 관심을 보이지 않는다. 결국

이유 없는 다정함 : 김연수의 문장들

여자는 북촌에서 헤어지기 직전에 남자에게 울면서 꿈 이야기를 하는데, 이 지점에서 이 부부가 이혼하게 된 가장 결정적인 이유를 말해보자면, 남자가 아내의 꿈 이야기에 궁금해하지 않았기 때문이 아닐까? 농담처럼 들릴 수도 있지만. 가히 등을 돌리고 혼잣말을 잘 했다는, 하지만 미처 혼잣말을 잘 하는 줄 몰랐다는 남자다운 행보이니 말이다. 누군가 그런 말을 했다. 카페에 갔을 때건, 술을 마실 때건, 서로 할 말이 없다고. 그래서 스마트폰을 보고, 유튜브만 본다고 말이다. 그런데 이렇게 할 말이 없어진 건, 스마트폰의 부름에는 응답하면서도, 앞에 앉은 사람의 부름에는 기다리지 않고 '끝'냈기 때문은 아닐까? 그게 무엇이든, 기다리지 않으면 끝나는 법이다. 그리고 더 기다리지 않으면, 우리는 죽었다 깨어나도 박지원이 심었다고 하는 '한 그루'의 나무 따위는 그 어디에서도 발견할 수 없을 것이기에.

16

틈

그가 할 수 있는 일이라고는
그 사이를 원래 그대로 틈으로 남겨두고 살아가는 일뿐이었다.

「다시 한달을 가서 설산을 넘으면」, 『나는 유령작가입니다』, 164쪽

소설에서 그는, 사랑하는 여자친구가 자살했는데, 그녀의 유서
어디에서도 그의 이름을 찾을 수 없자, 그녀가 도서관에서 마지
막으로 빌려봤다는 혜초의 여행기 『왕오천축국전』을 붙잡고 소설
쓰기에 매진한다. 하지만 그 책을 읽으면서 글을 쓸수록 그녀의
삶과 그의 삶이 완전히 분리되어 있다는 것만을 확인하게 된다.
그 책에서 그녀가 밑줄 친 부분을 중심으로 그 책에 나오는 소발
률, 그러니까 지금으로 치자면 파키스탄 낭가파르바트 정상 등반

이유 없는 다정함 : 김연수의 문장들

에 나서는 그. 정상에 오르면 오를수록 그녀가 밑줄을 친 문장들은 희미한 기억으로 흩어지고 그녀와 나 사이의 무관성은 틈, 그 자체로 남게 된다. 그는 여자친구의 죽음과 나와의 연관성을 이해하기 위해 소설도 쓰고 등반까지 계획하지만, 결국 그가 깨달은 것은 어떤 방식으로도 남길 수 없는 틈이 반드시 존재한다는 사실뿐이었다.

  가끔씩 엄마하고 이야기하다 보면, 도저히 합일되지 않는 일들이 있다. 왜 엄마가 그때 그렇게 말했잖아? 그게 나 4학년 때였나? 그러면 엄마는 내가 언제? 뭐 이런 식으로 말하거나, 전혀 다른 이야기를 하거나 하는 식이다. 여기에 내 생각은 말이지, 이러면서 아빠가 참전하고, 때에 따라 내가 한 이야기에만 기초해서 아내까지 몇 마디를 거들기 시작하면 일은 더 커진다. 이럴 때면 괜스레 서로 기분이 상하기도 하고, 추억팔이랍시고 이야기를 꺼낸 내가 개인적으로 머쓱해지기도 한다. 김연수도 지적했지만, 우리의 기억을 총동원해도 합일될 수 없는, 그러니까 도저히 언어로 표현될 수 없는 삶의 순간들이 누구에게나 꼭 있다. 맥락에 따라 서로 다르게 저장된 기억들이 제한된 언어로 표현되는 순간, 여기에는 반드시 '틈'이 발생하고 이 틈은 어떤 언어로도 결국 채워질 수 없게 된다.

예전에, 자동차 보험 가입이 의무가 아니었을 때 말이다. 그때는 자동차 사고가 나면, 서로 자신의 주장만을 강하게 밀어붙인 나머지 험한 꼴을 보는 경우가 허다했다. 즉 멱살을 잡고 싸우는 경우가 많았다는 것인데, 이때 대부분 보험사가 아니라 경찰이 출동해서 사건 처리를 맡았었다. 그러면 경찰들은 이 두 명의 사람들이 하는 말이 결국에는 모두 다 진실이라는 자세를 취했다. 이상하지 않나? 거의 정반대의 이야기를 하는데, 두 사람 모두 진실을 말하고 있다니. 그러니까 경찰의 입장은, 이 두 명의 이야기를 마치 퍼즐 조각 맞추듯이 엮어나가면, 불리해서 생략했거나 유리해서 과장됐던 내용을 어느 정도 도출하게 되고, 이를 종합적으로 정리하면 사고의 실체를 알 수 있다는 것이다. 하지만 이와 같은 방법으로 우리가 알 수 있는 사실이란, 고작 법적으로 7대 3이냐 8대 2냐 하는 수준의 '이해'이지, 그 사건의 틈을 완전히 메울 수 있을 정도의 이해는 아니다.

사회생활을 하면서 한 가지 깨달은 것이 있는데, 관계 속에는 여러 틈이 존재한다는 것이다. 하나의 사건에도 각자의 입장과 여러 이야기가 있고 그 이야기들은 영원히 각자의 이야기들이다. 아무리 가까운 관계에도 각자의 언어가 있으며, 그 언어는 자식이고, 부부 사이이며, 친한 친구라고 해서 함부로 들춰볼 수 있는 것

이유 없는 다정함 : 김연수의 문장들

이 아니기 때문이다. 내가 생각하는 나의 언어조차 때에 따라 나도 보지 못하기 때문이다. 바꿔 말하면 '진실'은 법적 관계로 대변되는 팩트의 세계라기보다, 이해로 대변되는 언더스탠딩(understanding)의 세계가 된다. 젊을 때는 그 틈을 메우기 위해서 부단히 노력했었고, 내가 발견한 주석이 그 틈을 완벽하게 대체했다고 철석같이 믿기도 했었다. 하지만, 이제는 나도 이 모든 합일이 하나의 환상이라는 점을 너무나 잘 알고 있다. 가끔씩은 이해할 수 없는 그 틈을 그대로 이해해버리는 것, 그러니까 그대로 그 틈을 방치하는 것이 곧 누군가를 이해하는 또 다른 방식일 수도 있다는 것, 바로 그걸, 이제 나는 너무나 잘 알고 있다는 말이다.

우리 모두는 존재 그 자체로 누군가에게 답례가 되는 존재들이니까.

17

대척지

살아보니 시간이 모든 것을 해결해준다는 말도
거짓말인 것 같다.

「그 상처가 칼날의 생김새를 닮듯」, 『내가 아직 아이였을 때』, 71쪽

신문을 들여다보면서 사람들을 용서했다는 아버지가 있다. 전라도 지역 신문사 문화부장 출신이었던 아버지는, 5월 이후 날마다 딸아이와 같이 도서관에 가서 5월에 발간된 똑같은 내용의 신문들을 읽고 또 읽었었다. 왜 그랬는지 묻는 딸의 질문에, 아버지는 용서하기 위해서라고만 대답할 뿐이다. 아버지는 신문을 읽는 것만으로는 부족했는지, 가족을 모두 데리고 경상도로 이사를 간다. 한국의 대척지가 아르헨티나라면, 경상도는 전라도의 대척지

였다. 이렇게나 모진 대척지로 이사를 간 이유는 '부끄러움' 때문이란다. 아버지는 살육이 벌어진 현장에 살면서, 그 사건의 가해자들을 용서할 수 없었겠지만, 이 사건에 대해서 당당하게 레지스탕스가 되지 못한 언론인으로서의 스스로를 더 용서할 수 없었을 것이다.

경상도에서 속죄의 길을 가려던 아버지는 전라도 출신이라는 이유로 경상도에서 용서받지 못한다. 그때 아버지가 이 소설의 화자인 둘째 딸에게 한 말이 저 말이다. 시간이 해결해준다는 말은 거짓말이라고, 상처는 아물지만 흉터는 반드시 남는다고 말이다. 흉터는 시간이 많이 흘러도 결코 거짓말을 하지 않는다. 시간이 흘러, 경상도 사투리에 익숙해질 수도 있고, 전라도 깽깽이라는 다분히 지역주의를 조장하는 놀림에 무연해질 수는 있겠지만, 어떤 특정 계기에서는 언제 그랬냐는 듯이 감정이 소용돌이치게된다. 웃긴 이야기지만, 나는 여전히 말린 오징어를 보면, 1996년 8월 15일로 돌아간다. 그때 나는 형하고 장난을 치다가 오징어를 보관하던 창고에서 넘어져 얼굴만 80바늘을 꿰맨 적이 있는데, 30년이 흘렀지만, 여전히 얼굴에는 그때 생긴 80바늘의 흉터가 남아 있고, 예나 지금이나 국민 간식 오징어 냄새는 도처에서 쉽게 만날 수 있어 옛 기억을 다시 떠올리게 만든다. 결국, 시간의 흐름은 아무것도 해결하지 못했다.

믿기 힘들겠지만, 우리 딸아이가 어렸을 때, 아내가 옷걸이를 들고 훈육한 적이 있었다. 딸아이가 뭔가 잘못했을 때, 때마침 옷걸이가 아내 근처에 있었고, 아내는 그 옷걸이를 들고 훈육을 했을 것이다. 그런데 꽤 많은 시간이 흘렀어도 우리 딸은 문득문득 옷걸이를 보면서, 엄마가 어릴 때 옷걸이로 자기를 때렸다고 말했다. 나와 아내는 어리둥절한 채로, 그때 그건 때린 게 아니라 훈육을 한 거라고 말하면, 자기한테는 옷걸이를 들고 엄마가 훈육했다는 그 자체가 자신을 때린 거와 같다고 말했다. 대체 시간이 무엇을 해결해줄 수 있을까? 언젠가 한 번, 똑같은 상황에서 아내는 딸을 안고 몇 번이고 말했다. 엄마가 미안해. 그때 옷걸이를 안 들었어야 했는데. 엄마가 정말 미안해. 엄마 용서해줄래? 이렇게 말하자, 딸이 고개를 끄덕거리면서 엄마를 용서하겠다고 말했다. 그렇게 딸이 엄마를 용서한 후에서야, 옷걸이는 우리가 알고 있는 그 옷걸이로 다시 돌아올 수 있었다.

신문을 들여다보면서 사람들을 용서했다는 아버지가 있다. 신문 속에 등장하는 구체적인 이름이나 장소 등을 보면서, 아버지는 몇 번이고 결심했으리라. 이 사람들을 용서하자고. 결국, 시간이

이유 없는 다정함 : 김연수의 문장들

해결해주는 것이 아니라, 용서가 해결해주는 것이다. 그 아무리 날카로운 상처가 칼날같이 다가와 선명한 흉터를 남겼더라도, 용서하기로 스스로 결단해야 용서가 시작되지, 그렇지 않으면 시간은 절대 우리 편이 아니다. 원망과 증오만 커지는 경우도 많으니. 그러니까 우리는 이제 '좀 용서하라'든가, '이제 좀 그만하자'는 말이 얼마나 우스꽝스러운 말인지 알게 된다. 용서는 그렇게 되는 게 아니기 때문이다. 시간이 지나서 아무렇지 않은 척하는 것과 용서한 것을 같다고 착각해서는 안 된다. 살다 보면, 우리 모두는 용서해야 할 누군가를 갖게 된다. 용서해야 할 누군가가 없는 사람이라면, 이미 용서하기로 결심한 사람이리라. 흉터가 다시 흉터일 수 있도록, 용서하기로 결심해야 한다. 며칠 전, 고속도로 휴게소에서, 오징어를 맛있게 먹으면서, 아내에게 말했다. 용서하고 싶다고, 그게 무슨 말? 아내가 당황한 표정으로 날 보고 웃고 있었다.

18
자비

하지만 놀랍게도
공양주 보살의 입에서 나온 말은 아프지 말아라, 였다.
아프지 말아라. 너무 아프지 말아라.

「노란 연등 드높이 내걸고」, 『내가 아직 아이였을 때』, 219쪽

　예정은 환갑이 넘어야 입회할 수 있는 지장회에서 보살이 되기를 희망하지만, 공양주 보살의 반대에 부딪힌다. 다만 초파일 준비를 위해 수의를 만드는 일에는 참여하게 된다. 그런데 노년의 보살들이 보통 자신의 죽음을 대비해서 수의를 만드는데, 예정은 배냇저고리를 수의로 만들어 모두를 아연실색하게 한다. 이 일로 초파일 행사를 앞두고 지장회 보살들이 웅성거리게 되고, 공양주

보살은 이 일로 예정을 혼내려고 부른 자리에서 갑자기 말한다. 아프지 말라고. 너무 아프지 말라고. 예정의 뱃속에서 죽은 아이의 아빠인 방위병 봉우는 전국낙서문학회에서 활동하는 낙서 문인이다. 봉우는 아이가 죽었다는 사실을 안 후에, 절로 들어간 예정을 자신의 낙서화전에 초대하는데, 그 전시회에서 봉우가 예정에게 보여주려 했던 낙서는 "니가 아프지 않았으면 좋겠어"였다.

지금까지 본 영화 중에서 가장 슬픈 장면을 뽑으라면, 영화 〈콰이어트 플레이스〉의 한 장면이다. 예민한 청각으로 존재를 파악하고, 사람을 죽이는 괴물들이 갑자기 들이닥친다. 그 일로 아빠, 엄마, 첫째 딸과 둘째 아들, 그리고 셋째 아들은 피난길에 오른다. 우연히 들른 동네 마트에서, 아빠는 소리가 나는 장난감을 갖겠다는 막내아들의 요구를 엄하게 거절하지만, 첫째 딸은 남몰래 건전지를 빼고 장난감을 동생 손에 쥐여준다. 소리만 안 나면 괜찮다고 생각했겠지. 하지만 건전지까지 몰래 들고 간 막내아들은 걸어가던 중에 건전지를 장난감에 끼우게 되고, 장난감 소리를 듣고 달려온 괴물들에게 죽고 만다. 동생에게 장난감을 쥐여줬다는 자책으로 아파하던 첫째 딸은 이 일로 아빠가 자신을 미워한다고 확신한다. 그런데, 딸이 괴물들에게 죽을 수도 있는 위험천만한 상황에서 아빠는 딸에게 수화로 말한다. ―참고로 이 딸은 귀가 들리지 않는다—아빠는 너를 사랑한다고. 언제나 너를 사랑해왔다고. 그러니까 자책하지 말라고. 이렇게 말하고 소리를 지르면서 딸과 반대 방향으로 달려간다. 딸을 위해 죽기 위해서.

소설에서 예정은 봉우의 낙서화전에 가지 않았기 때문에, 모두 세 번 아프지 말라는 말을 듣는다. 첫 번째는 '애기똥풀'의 줄기를 자르면 나오는 즙을 아기 똥이라고 생각하면서 위로받을 때, 두 번째는 염불 소리에 맞춰 두 스님이 바라춤을 추는 모습에 위로받을 때이다. 그런데, 예정은 공양주 보살이 직접 "아프지 말아라"라고 말할 때, 그제서야 눈물을 흘린다. 과거 죽은 남편을 대신해 유복자와 두 아들을 키우며 생선가게를 운영했는데, 무수히 많은 살생을 저지른 공양주 보살이 "그런 나도 이렇게 한평생 잘 살아오지 않았겠냐? 이제 그만 잊거라."(219쪽)라고 말할 때에서야 비로소 상처가 달래진 것이다. 낙서가 봉우의 글로 전달하려는 위로였고, 애기똥풀이 자연이 주는 위로였으며, 스님의 바라춤이 종교가 주는 위로였다면, 공양주 보살은 '말'이 주는 자비(慈悲)가 아니었을까?

이상국의 시집 『달은 아직 그 달이다』를 보면, 「자비에 대하여」라는 시가 있다. 그 시를 보면 공무원들이 농성장을 철거하고 화단을 만들었다면서, 이 화단을 노동자들이 꽃에 제공한 자비로 표현한다. 결국 자비란 꽃을 꺾고, 공무원들을 비난하는 것이 아니라, 꽃을 위로하고 공무원들을 용서하는 것과 같은 것이다. 여기서 자비가 서글프게 다가오는 이유는 꽃을 위로하고 공무원들을 용서하려면 '슬픔' 없이는 불가능하기 때문이다. 살다 보면, 누군가의 무자비로 생사를 오가게 되는 경우도 많지만, 또 누군가의 자비로 소생되는 경우도 정말 많다. 예정이 초파일에 단 연등의 꼬리표 '봉우, 우리 아기'는 곧 아이를 잃었던 아픔에서 벗어나 비로소 그녀가 소생되었음을 의미할 것이다. 누군가를 소생시키는 말, 바로 그 한마디를 가까운 누군가에게 용기 있게 표현할 수 있다면, 그게 바로 부처님 자비의 현현 그 자체일 것이다.

19

가스라이팅

매맞는 거 참는 거는 노예들이나 하는 짓이다. 참고 참고 또 참지
말고 니가 원하는 사람이 돼라.

「비에도 지지 말고 바람에도 지지 말고」, 『내가 아직 아이였을 때』, 282쪽

조 선생은 경호에게 '반장'이라는 완장을 달아주고 경호를 통해 반을 억압적으로 운영한다. 원재는 그런 조 선생의 폭력과 조 선생의 하수인 경호에게 그럭저럭 적응하며 살다가, 경호에게 반기를 드는 태식을 보고 마음을 고쳐먹는다. 태식은 이 일로 조 선생에게 심한 폭행을 당하고 그 길로 학교를 떠나버린다. 그 후 원재는 조 선생이 학생들에게 그리고 태식이에게 했던 일을 경찰에 신고하는데, 이 일로 다시 한번 학교는 발칵 뒤집히고, 원재는 다

시 조 선생에게 심한 폭력을 당하게 된다. 사실 고아원 출신이었던 태식은 고아원 선배들이 대부분 불량배가 되었기 때문에, 자신은 그런 사람이 되지 않기 위해서 부단히 노력하고 있었다. 하지만, 조 선생은 태식의 꿈과 무관한 하사 의무 복역을 조건으로 무상교육을 받을 수 있는 고등학교를 추천하고, 태식은 누구도 자신을 도와줄 수 없다는 생각에 검정고시로 마음을 돌린다. 태식은 학교를 떠나기 전에 원재에게 찾아와 자신이 가장 아끼는 하모니카를 선물로 주는데, 그러면서 저런 말을 한다. 참지 말고, 원하는 사람이 되라고 말이다.

지젝은 『멈춰라 생각하라』에서 라캉의 향락을 "주인이 노예의 작은 위반을 눈감아줄 때, 노예에게 부여되는 사소한 것"(100쪽)들로 정의한다. 보통 라캉의 향락(Jouissance)이라고 하면, 마약 같은 극단적인 것들을 떠올리기 쉽지만, 주인이 노예의 작은 일탈을 눈감아줄 때 노예가 느끼는 감정과 크게 다르지 않다는 지적이다. 여기서 가스라이팅의 원리를 하나 발견할 수 있는데, 100 중에 99를 통제하면서 1만 허용해줘도, 그 1 때문에 역설적이게도 가스라이팅이 가능하다는 점이다. 소설에서 원재는 경호에게 인정받기 위해서 죽기 살기로 달리기를 하지만, 아무리 빨리 달려 종착지로 들어와도 경호는 원재를 외면한다. 그러다가 원재가 분해서 눈물이 날 때쯤에 경호는 원재에게 열외를 허용하는데, 여기서 원재가 얻는 것이라고는 잠깐의 휴식뿐이지만, 아이러니하게도 경호의 통제력과 권위는 더 강화되고 강력해진다. 이런 게 가스라이팅이 아니라면 과연 무엇이겠는가?

한유주의 『나의 왼손은 왕 오른손은 왕의 필경사』를 보면, "그 눈물은 바다로 흐르지 않는다"(165쪽)라는 문장이 나온다. 본래 모든 물은 바다로 향하기 마련이다. 그런데 그중 눈'물'은 결코 바다로 가지 않는다. 나는 바다로 가지 않기 위해 눈물을 흘렸던 사람들을 몇 알고 있다. 다들 기계적으로 바다로 가야만 한다고 생각할 때, 그 길을 눈물로 거슬러 올랐던 사람들을 말이다. 아이돌 '세븐틴'은 멤버 수가 너무 많아서 결코 성공할 수 없을 거라는 말을 연습생 시절부터 여러 번 들었다고 했다. 만약 이 말에 잠식당해 세븐틴이 정말로 데뷔하지 못했다면, 세븐틴 노래 없이는 단 하루도 버티지 못하는 딸아이의 하루는 얼마나 지루했을까? 축구선수 박지성은 체격이 왜소하다는 지적을 많이 받았고, 실제 K리그에 진출하지 못하고 대학교에 진학한다. 만약 그가 평범한 실력, 왜소한 체격 등의 저평가에 부침을 겪고, 이때 축구 선수를 포기했다면, 지난날 프리미어리그를 밤새 보면서 누렸던 나의 20대 호시절은 영영 만날 수 없었을 것이다.

이유 없는 다정함 : 김연수의 문장들

나는 요즘도 가끔씩 희망이 없는 사람들과 이야기를 나눌 때가 있다. 이때마다 내가 느꼈던 피곤함은 자신도 모르게 가스라이팅에 익숙해진 나머지 '무의미', '무책임'을 전제로 심드렁하게 대화에 나서기 때문이었을 것이다. 내가 뭘 할 수 있겠어? 나는 해도 안 돼. 뭐 이런 말들 말이다. 그런데 사실 이런 '무의미'하고 '무책임'한 반응에 반사이익을 받는 사람이 따로 있다면 너무나 억울하지 않은가? 바로 그런 담론을 퍼트리며 스스로는 너무나 잘살고 있을 누군가들. 이 누군가는 '의미' 있고 '책임감' 있게 반응하며 자신만의 역사를 만들고 있을지도 모르는데. 그래서 그런가, 저런 말들에 잠식당해서 하지 말아야 할 이유를 열심히 찾는 사람보다, 그럼에도 불구하고 해야 할 이유를 찾아서 책임감 있게 무언가를 열심히 하는 사람들을 더 많이 만났으면 좋겠다는 생각이 들었다. 그러니까 부정적 담론에 가스라이팅 당하지 않고 '긍정적 담론'에 가스라이팅 당하는 사람들, 그러면서 자신의 존재 의미를 스스로 만들며 '원하는 사람'이 되려는 사람들, 말 그대로 실제로의 '실(實)'과 있을 '존(存)'으로 '실존'하는 사람들을 주변에 더 많이 두고 싶어졌다는 말이다!

20

눈물

내가 겁낸 건 바로 눈물이었다.

늙은 나무에 피는 꽃처럼, 내 마른 몸에서 눈물 같은 게 나올까 봐.

그래서 사람들이 나를 인간으로 볼까 봐.

친절을 베풀고 나를 감싸 안을까 봐.

「1933년 4월 팔가자」, 『밤은 노래한다』, 131쪽

소설에서 '김해연'은 측량 업무로 간도 지방의 용정으로 가게 된다. 썩 내키지 않았지만, 조선인으로서 그는 그곳에 가야만 했다. 그곳에서 측량할 때 경호를 담당하던 '나카즈마'라는 장교와 어울리게 되고, 러시아 유학파이면서 용정에서 음악을 가르치던 '이정희'를 만나 사랑에 빠진다. 그 후 셋이서 자주 어울리게 되는

데, 문제는 이정희가 공산주의자 신분을 숨기고 프락치 활동을 하는 밀정이었다는 것이다. 그 사실을 모르고 부득이하게 이정희와 공개 연애를 하게 된 김해연은 경찰 조사를 받으면서 그녀가 밀정 '안나 리'라는 걸 알게 된다. 김해연은 이정희가 자살했다는 나무에서 똑같이 자살 시도를 하지만, 죽지 못하고 구출되어, 우연히 사진관에서 일하며 벙어리 행세를 하며 살게 된다. 하지만 그곳에서 위장 신분 의혹을 사게 되고, 추궁하며 힐난하는 사람들 앞에서 술을 마시며 저런 생각을 한 것이다.

생각해보면, 김해연이 눈물을 두려워한 이유는 부끄럽기 때문일 것이다. 사랑하는 사람의 정체를 전혀 몰랐고, 그녀의 죽음도 막지 못했다는 부끄러움, 행여나 이정희가 나카즈마와 사랑에 빠질까 시답지 않은 질투에 잠 못 이루었다는 그 부끄러움 말이다. 그는 일요일마다 그녀와 함께한 시간과 그녀로부터 받은 사랑을 떠올릴수록, 그가 그녀를 위해 한 일이 없다는 자괴감에 고통스러워했다. 그게 언제였더라? 1년 전, 개인적 가정사로 학교를 자퇴한다는 학생이 느닷없이 연구실에 찾아온 적이 있다. 지도교수로서 뭐라도 해야 할 것 같아서 고향에 내려가기 전에 맛있는 식사라도 하라고 지갑에서 현금을 엉거주춤 꺼내는데, 갑자기 그 학생이 선생님을 곤란하게 해드려 죄송하다며, 울면서 밖으로 나가버렸다. 차마 선생님 앞에서 눈물을 보이기는 싫어서였을 것이다. 그 학생을 잡지 못하고 돈을 쥔 채로 닫힌 문 앞에 서 있는데, '설사 그 학생이 내 앞에서 울었다고 한들 내가 뭘 할 수 있었을까?'라는 생각이 들었다. 결국 남는 건 부끄러움뿐이니.

이청준의 소설 「눈길」을 보면 굉장히 불편한 관계의 아들(나)과 노인(엄마)이 등장한다. 오래전 형의 주벽으로 가산을 모두 탕진하고 남루하게 살아온 노인과, 스스로 자수성가했다고 믿으며 이를 빌미로 노인을 외면해왔던 아들은 오랜만에 만났지만 서로 어색해한다. 이 어색함을 이기지 못하고 갑자기 떠나겠다는 아들, 막걸리 한 잔 마시고 취기에 잠이 든 아들을 앞에 두고 노인과 며느리는 과거 이야기를 한다. 과거, 몰락한 가족 소식을 확인하기 위해 갑자기 들른 아들에게 빼앗긴 집에서 마치 제집인 마냥 저녁을 대접했던 일, 그렇게 아들을 안심시키고 다음 날 버스를 태우려고 함께 걸어갔던 눈길, 아들을 버스에 태워 보내고 홀로 돌아와 마을로 들어가지 못하고, 눈 덮인 마을을 바라만 보던 일들에 대해서 말이다. 그때 취기가 사라지며 우연히 아내와 노인의 이야기를 들은 아들은 차마 일어나지 못하는데, 이때도 바로 눈물 때문에, 그러니까 부끄러움 때문에, 아내가 깨우지만 일어나지 못한다.

이유 없는 다정함 : 김연수의 문장들

그런데, 이 소설에서 노인이 눈 덮인 마을을 바라만 보고 마을로 들어가지 못했던 것은 잘 곳이 없어서가 아니었다. 노인도 부모로서 아들을 위해 해줄 게 없다는 '자괴감', 그 부끄러움 때문이었으리라. 지금 생각해보면, 그 학생이 울면서 뛰쳐나갔던 이유도, 내가 닫힌 문 앞에서 어정쩡하게 서 있었던 이유도, 모두 부끄러웠기 때문이다. 우리는 어떤 호혜적 관계 형성에 실패했을 때, 부끄러움을 느끼고, 이 누적된 회한의 감정은 눈물로 드러나게 된다. 내가 문 앞에서 눈물을 흘리지 않았던 건, 슬프지 않아서가 아니라 스스로가 가증스러웠기 때문이다. 이러고도 지도교수라고 할 수 있나? 문득, 그 누구라도 어떤 부채감에 현혹되어 스트레스를 받지 않았으면 좋겠다고 생각했다. 우리 모두는 존재 그 자체로 누군가에게 답례가 되는 존재들이니까, 그리고 날마다 일상을 공유하면서 무수히 많은 답례를 서로에게 주는 존재들일 테니까. 늘상 생각하지만, 그거면 충분하다고 생각하니까.

21

진실

진실이란 전혀 아름답지 않지.
그런 추한 것을 견딜 수 있는
용기를 지닌 사람만이 진실을 보게 된다오.

「1933년 7월 어랑촌」, 『밤은 노래한다』, 248쪽

공포영화를 싫어하는 사람들이 많이 있다. 공포영화를 즐겨보는 나로서는 이해할 수 없는 부분인데, 대부분 너무 잔인하고, 무서워서 볼 수가 없다고 말한다. 그런데, 그럴 때마다 내가 했던 말이 있다. 우리가 사는 이 세상이 더 무섭고 잔인하다고, 그 어떤 스릴러와 호러를 결합한 영화를 만든다고 해도 우리가 사는 세상보다는 덜 무서울 거라고 말이다. 꽤나 슬프지만, 이는 너무나도

진실이다. 공포영화에서 나오는 무서운 장면이 정말 무섭다고 느끼는 건, 마치 이 세상을 거울처럼 비추는 장면이라서, 이를 직면할 용기가 없기 때문은 아닐까? 김연수의 소설에서도 이 세계의 잔혹함에 대한 명징한 지적이 등장한다.

이 소설에 등장하는 박도만은 민생단 밀정으로 오해받다가 겨우 살아난 인물로, 함께 목숨을 건진 김해연과 우연히 어린 대원들의 연극을 보게 된다. 이 연극을 보면서 박도만은 자신이 본래 중학교 시절부터 톨스토이에 경도된 사람이었다고 말한다. 즉 인도주의와 희생으로 대변되는 톨스토이의 철학을 최우선시했다는 것이다. 그런데 박도만은 자신이 사람을 죽이고 난 뒤에 톨스토이를 완전히 버렸다고 말한다. 즉 이제는 더 이상 톨스토이 책은 읽지 않으며 설득과 타협이 아닌 투쟁과 혁명으로 이상 세계를 성취할 수 있다고만 믿는다는 것이다. 이 세상이 이렇게나 잔인한데, 인도주의를 운운하는 스스로를 미성숙으로 전제하며, 이 세상의 잔혹함도 곧 진실임을 인정해야 한다고 말한다. 이 세상의 잔혹함도 진실이라는 전언을 내 식대로 바꿔 말하자면, 우리는 아무리 무서울지라도 공포영화를, 스릴러영화를, 호러영화를 반드시 봐야 한다가 될 것이다.

개인적으로 매주 빼놓지 않고 보는 프로그램이 있는데, 그것은 〈그것이 알고 싶다〉이다. 1992년부터 시작된 이 프로그램은 30년이 넘게 방영되고 있는데, 요즘도 시청률이 4퍼센트대를 유지한다고 하니 참 대단하다. 프로그램이 난립하기도 하고, 그중에서 1~2퍼센트의 낮은 시청률로 사라지는 프로그램도 허다한데, 이에 비하면 시사 교양프로그램 〈그것이 알고 싶다〉의 시청률은 기적에 가깝다. 본격으로 이 프로그램을 보기 시작한 게 결혼한 직후였는데, 그때만 해도 〈그것이 알고 싶다〉의 시청률은 10퍼센트에 육박했었다. 그때에 비하면 지금의 4퍼센트는 프로그램의 존폐 여부를 걱정할 정도로 위태로운 수준이다. 나는 이렇게 시청률이 야금야금 떨어진 이유를 사람들이 이 프로그램에서 다루는 우리 사회 다양한 영역의 추악한 진실을 목도할 용기가 없기 때문이라고 생각한다. 그러니까 시사 교양프로그램 〈그것이 알고 싶다〉를 공포영화 취급하는 것이다.

공포영화보다 더 공포영화 같은 살인 사건이 우리가 사는 세상에서, 우리의 이웃에게 엄연히 발생하고 있다. 그 똑같은 살인이 영화로 만들어지면 공포영화가 되고, 다큐멘터리로 만들어지면 〈그것이 알고 싶다〉가 된다. 공포영화를 볼 때 영화적, 과장된 장치에 스트레스를 받아 공포영화를 회피한다면, 좋다, 그렇다면 나는 우리 이웃에 대한 관심의 차원에서라도 〈그것이 알고 싶다〉를 봐야 한다고 말하고 싶다. 김연수의 말마따나, 진실은 전혀 아름답지 않다. 우리가 선험적으로 가진 일종의 환상이 있기 때문이다. 그런데 아름답지 않더라도 진실을 알기 위해서는 자신이 갖고 있던 선험적 환상을 깨부술 용기, 그리고 아름답지만은 않은 진실을 정면으로 응시할 수 있는 용기가 필요하다. 내가 매주 〈그것이 알고 싶다〉를 보는 이유도 우리가 사는 세상의 잔혹한 진실을 용기 있게 마주하고, 이 진실을 기억하며, 내가 할 수 있는 일이 무엇인지를 생각해보기 위해서이다. 이번 주 〈그것이 알고 싶다〉를 기대하며, 오늘도 추악한 것을 견딜 수 있는 용기를 달라고 기도한다.

22

외로움

시에 너무 집중하면 공부하기가 힘들고
공부에만 너무 열중하면 시가 쓰어지지 않습니다.
진실이란 결국 그런 것입니다.

「데드마스크」, 『꾿빠이 이상』, 30쪽

우연히 석가탄신일에 김연화 기자는 잡지사 기자인 '그녀'를 인터뷰하러 나간다. 그녀는 많은 유명인을 인터뷰했고, 그 인터뷰 자료를 모아 책으로 출간한 인물이다. 그런데 이 인터뷰를 진행하던 도중, 김연화 기자는 '그녀'도 3년 전 필리핀 푸에르토아즐에 있었다는 사실을 알게 된다. 그곳에서 일주일 동안 페스티벌이 열렸는데, 한정판으로 나온 초승달 목걸이를 그녀가 걸고 있었기 때문이다. 물론 김연화 기자는 필리핀에서 돌아온 뒤 3개월도 안 되어 같이 갔던 여자친구와 헤어졌고, 그 목걸이는 자신이 가지고 있던 참이었다. 그런데 이때, '그녀'가 푸에르토아즐에서 만났을 수도 있겠다는 말을 하자, 이게 말도 안 된다고 생각은 하면서도 우연히 만났을 수도 있겠다는 생각에 김연화 기자는 그녀에게 급속도로 호감을 느낀다. 그리고 연인 사이가 된다.

믿기 힘들겠지만, 전 세계는 역사상 유례가 없을 정도로 많은 식량을 생산하고 있다. 2010년부터 2020년까지 28.4억 톤의 식량을 생산했는데, 이는 1950년부터 1960년까지 생산된 6억 톤의 식량과 비교하면 다섯 배가 증가한 것이다. 박병상의 『식량 불평등』을 보면, 굳이 세계 식량까지 언급하지 않더라도 한국의 사례만으로도 설명할 수 있는데, 한국이 음식물 쓰레기로 배출하는 음식량이 548만 톤이고, 이 음식물 쓰레기 처리 비용으로 매년 9,000억 정도를 소비한다고 한다. 그러니까 우리는 어마어마한 양의 음식물 쓰레기를 배출하고 있고, 또 이를 처리하기 위해서 어마어마한 돈을 사용하고 있다는 것이다. 역설적이지만, 유엔 식량농업기구 보고서를 보면 2010년 기준, 9억 2,500만 명의 사람이 기아 상태에 놓여 있다고 밝혔다. 이게 무슨 말일까? 전 세계 인구 8명 중에 1명은 밥을 먹지 못한다는 이 말이 대체 무슨 말이냐는 말이다.

사상 최대치의 식량 생산량에 주목하면, 현재 전 세계는 가장 풍요로운 시기이지만, 굶고 있는 9억 2,500만 명에 주목하면, 현재 전 세계는 지독한 빈곤 시기에 있다고 말할 수 있다. 그렇다면 진실은 어디에 있을까?

김연화 기자는 카페에서 그녀의 '남편'을 만난다. 남편은 박태원 소설 연구로 박사학위를 받고 시를 쓰는 시인인데, 김연화 기자와 그녀의 불륜 사실을 알고 추궁하러 온 것이다. 그는 김연화 기자를 만난 자리에서 박태원 연구에만 집중하면 시가 안 쓰이고, 시를 쓰다 보면 연구가 어렵다는 말을 한다. 이를 바꿔 말하면, 아내는 기자 당신과 있을 때 당신을 더 사랑할 수 있지만, 나와 함께 있을 때는 나를 더 사랑한다는 의미로 읽힌다. 그러면서 자신의 아내를 정말 사랑하냐고 물으며, 아내는 자신을 사랑한다고 말했다고 웃으며 대답한다. 남편의 질문에 김연화 기자는 우물쭈물거리고, 가타부타 자신의 입장을 분명하게 말하지 못한다. 마치, 그녀가 나만 사랑한다고 전제하면, 나도 그녀를 사랑하지만, 그녀가 남편도 사랑하다고 전제하면, 사랑이라고 말하기 부끄러운 역설적 상황에 빠져버리게 되기에. 이쯤에서 생각해보면, 결국 진실이란 그런 것들이다.

이유 없는 다정함 : 김연수의 문장들

진실이란 결국 그런 것이기에, 내 입장이 아니라 다른 사람의 입장에서 진실이 용인될 때는 필시 우리는 외로워진다. 권혁웅은 『몬스터 멜랑콜리아』에서 외로움을 혼자 '있어서'가 아니라, 혼자 '되어서'라고 정리했다. 맞다, '이렇게 살아라', '저렇게 살아라' 같은 이미 고정된 행로에서 벗어나 그 사이를 내 입장을 유지한 채로 걸어가려면 용기가 필요한데, 아무리 용기 있게 그 사이를 걸어가더라도 우리는 필시 외로워질 수밖에 없다. 그렇지만, 결국 그런 것이다. 단 한 번도 외롭지 않았던 사람이 없듯이, 우리는 살면서 몇 번은 꼭 혼자가 '돼야' 한다. 이건 진실을 찾은 사람들이 전해주는 틀림없는 전언이다. 결국 우리는 그 사이를 걸어가면서 무언가를 찾을 테고, 누군가를 다시 만날 것이다. 또, 그 무언가를 하면서, 그 만난 누군가와 사랑도 하게 될 테니. 김중혁 소설 제목처럼, 『가짜 팔로 하는 포옹』일지라도 내가 나를 안으며 지금의 외로움을 견뎌야 할 이유가 바로 여기에 있을 듯.

23

쓰레기통

일단 쓰레기통에 다 넣어.

그다음에 그 쓰레기통을 비워.

「카밀라」, 『파도가 바다의 일이라면』, 14쪽

카밀라는 한국에서 태어난 지 6개월 만에 미국 시애틀로 입양
되었다. 양모 앤과 양부 에릭은 '동백꽃(camellia flower)'을 닮았다
하여, 그녀의 이름을 '카밀라'로 지어주었다. 카밀라가 열아홉 살
이던 해에, 앤은 병으로 죽게 되는데, 2년이 지나 유품을 정리하
다가 에릭은 카밀라의 물건도 같이 정리하게 된다. 에릭은 25킬
로그램 페덱스 상자로 여섯 개 분량인 카밀라의 물건을 카밀라에
게 보내주겠다고 하는데, 그때 카밀라가 저렇게 말한다. 모두 쓰

이유 없는 다정함 : 김연수의 문장들

레기통에 넣으라고, 그리고 그 쓰레기통을 비우라고. 하지만 카밀라의 바람과는 달리, 여섯 개의 페덱스 상자는 학교 근처, 카밀라가 사는 공동주택으로 안전하게 배달된다. 하지만 카밀라가 한 저 말은, 양모가 죽고, 양부에게 새로운 여자친구가 생기고, 그러자 갑자기 친모가 궁금하고, 무엇보다 자신은 다시 혼자가 되었고와 같은 복잡한 상황 속에서 카밀라가 스스로에게 한 말일지도 모르겠다.

〈순간포착 세상에 이런 일이〉나 〈실화 탐사대〉, 〈궁금한 이야기 Y〉 같은 프로그램들을 보면, 각각의 프로그램들이 지향하는 바는 달라도 공통적으로 등장하는 사람들이 있다. 바로 집 안 가득히 뭔가를 가득 채워놓고 사는 사람들 말이다. 시절마다 심심치 않게 등장하는 이 사람들은 어디에 살든지, 어떤 집에서 살든지—심지어 아파트 같은 공동주택까지 포함해서—잠자고, 식사할 공간조차 없을 정도로 많은 물건들을 집 안에 가득 채워둔다는 공통점이 있다. 실제 그분들이 한 인터뷰를 보면, 하나하나 모두 소중한 것들이라고, 그래서 절대 버릴 수 없었다고들 말한다. 하지만 실제 어디에 어떤 물건이 있는지 아는 경우는 거의 없고, 무엇보다, 대부분 시간이 흘러 쓰레기화된 것들이라서, 지금에 와서 마땅히 쓸 수도 없는 것들이라는 특징이 있다.

그렇다면 이분들은 왜 이렇게 비우지 못하고, 집 안 가득 채우게 되는 걸까? 그 원인에는 다양한 것들이 있겠지만, 개인적으로는 '심각한 정신적 충격' 때문이라고 생각한다. 마치 어릴 때 부모님의 사랑을 충분히 받지 못해서 달콤한 것들로 입을 가득 채워야만 직성이 풀리는 어린아이와 같은 심정이랄까? 그 헛헛한 마음, 뭔가로 채우지 않으면 쉽사리 극복할 수 없기 때문이다. 이처럼 매일 밖에 나가 뭔가를 찾고, 그걸 줍고, 그걸 가져다가 집에 쟁여두는 분들 대다수는 자녀들과 연락이 끊겼거나 주변 이웃 그 누구와도 교류하지 않는 분들이다. 그러니까 이분들은 하루 종일 혼자고립되어 살아가는 분들이다. 인터뷰하는 리포터가 집에 왜 그렇게 쓰레기가 많냐고 질문할 때, 버럭 화를 내면서 내 보물을 보고 쓰레기라고 한다고 울고불고하는 이유는 모두 여기에 있을 것이다. 쓸모없는 것처럼 보이는 물건도 이분들에게는 가족이자 이웃이며 마치 애완견처럼 자신의 마음을 든든하게 채워주는 보물들이기 때문이다.

카밀라는 엄마 죽음의 비밀을 알기 위해 찾아간 최성식으로부터 도의적 책임은 있지만, 도덕적 책임은 없다는 말을 듣는다. 그리고 생각한다. "그건 누구도 그 소녀에게 너는 혼자가 아니며 이 우주에 최소한 한 명은 너를 '소중'하게 여긴다는 말을 해주지 않았기 때문이다."(197쪽) 사실 우리도 꽤 많은 시간, 많은 사람을 만나봐서 알지만, 이런 말을 한다는 게 정말 쉽지 않다. 하지만 이게 잘 작동되어야, 쌓인 것들을 내다 버릴 수 있고, 몸도 마음도 가벼워질 수 있다. 모두 비우지도 않았는데, 새로운 것들이 들이닥치면, 결국에는 더 쌓이게 되고, 그냥 방치하게 된다. 그렇게 쌓이고 쌓이다 보면, 정말 아무것도 못 하게 되니까 말이다. 아까 말한 TV에 나온, 철옹성 같은 사람들도 PD나 작가들이 자주 찾아가고 위로의 말을 하면서 좋은 관계를 쌓고 나면, 언제 그랬냐는 듯이 집 안을 모두 비웠다. 그러니까 그제서야 비로소 쓰레기를 쓰레기통에 넣을 수 있게 된 것이다. 누군가 쓰레기를 쓰레기통에 일상적으로 넣도록, 주변을 돌아볼 필요가 있다면, 바로 이러한 이유 때문이다. 쓰레기는 쓰레기통으로 들어가야 하기 때문에.

24

시간

그 답을 알아내려면 더 많은 인생이 필요했다.
시간이 흐르면 그때 검은 바다를 건너간 일이
네 삶에서 어떤 의미였는지 저절로 알게 될 테니까.

「지은」, 『파도가 바다의 일이라면』, 122쪽

입양된 카밀라가 있다. 카밀라는 한국으로 엄마의 정체를 찾
으러 왔다. 만반의 준비를 할 목적으로 연세대학교 한국어학당에
서 한국어도 6급까지 공부했다. 그리고 양부 에릭의 지인 서 교수
의 통역 도움까지 받아가면서 한국의 진남에서 엄마에 대해 조금
씩 알아간다. 엄마가 도서반 멤버였고, 꿈은 작가였으며, 엄마한
테는 아빠와 오빠가 있었는데, 아빠, 그러니까 할아버지는 자살했

다는 것. 카밀라를 낳고, 1년 후 엄마 정지은도 자살했다는 것. 이렇게 엄마가 누구인지, 엄마가 어떤 시를 썼는지, 그리고 엄마가 내 이름을 뭐라고 지으려고 했는지 등을 알아가면서 그녀는 '카밀라'에서 점점 '희재'로 변해간다. 그리고 그녀가 희재로 변해가면서 카밀라일 때 만났던 '유이치'와는 조금씩 멀어져간다. 그 멀어짐을 애써 외면하면서 유이치의 조부를 만나러 일본으로 가는 길을, '검은 바다를 건넌 것'으로 정리한다.

저 검은 바다가 무엇을 의미하는지는 사실 잘 모른다. 가능성이 있는 몇몇 의미들을 나열해보자면, 일본어를 전혀 하지 못하는 카밀라가 한국어도 완벽하게 구사하지 못하면서 어쩔 수 없이 언어의 사각지대로 들어가는 불안함을 의미할 수도 있을 것이고, 두 사람의 관계가 저 바다를 건넘으로 완전히 끝날 것이라는 어두운 의미도 있을 것이다. 그것도 아니라면, 가능성은 가장 낮지만, 유이치가 자신의 조부를 까마득한 시간이 흐를 동안 다시 만나지 못하리라는 의미로 해석할 수도 있겠다. 그게 어떤 의미이건 우리가 알 수 있는 건, 정확한 의미는 시간이 지나야 알 수 있다는 것뿐이다. 그러니까 가장 중요한 건 검은 바다를 건너던 저 순간에는 검은 바다를 건너는 바로 저 시간이 카밀라와 유이치에게 어떤 의미였는지 결단코 알 수 없으리라는 것이다.

개인적으로 2년 동안 인도 찬디가르라는 곳에서 살았었다. 사실 그 당시 그 2년이라는 시간이 내게 무엇을 의미하는지 그 당시에는 잘 알지 못했다. 찬디가르라는 도시 자체가 낯설었기에. 그런데 지금은 그 2년이라는 시간 동안 배웠던 '영어'로 대학에서 강의도 하고 영어로 논문도 쓰고 있다. 인생이 참 흥미롭다고 생각하는 순간이다. 나는 스물일곱 살에 군대에 갔다. 그때는 정말 아무 생각이 없었다. 남들보다 군대에 늦게 갔기에 그냥 빨리 전역했으면 좋겠다고 생각했을 뿐이다. 그런데 늦깎이 군대 생활 덕분에 행정병으로 군대 생활을 할 수 있었고, 그때 배운 흔글, 엑셀, 파워포인트 기술로 대학과 연구소에서 행정 처리, 논문 쓰기, 강의 준비를 탁월하게 할 수 있었다. 이건 정말 예상하지 못한 의미였다. 사실 의미란 그런 것이다. 그 당시에는 내가 지금 뭐 하는 거지? 싶다가도, 시간이 지나고 나면, 그래서 필요했구나, 아, 그런 의미였구나 싶은 거다. 그 당시에는 밤에 누우면 사건의 의미들을 알기 위해서 잠도 못 자고 끙끙 앓았었는데, 시간이 지나고 나니까 저절로 그 의미를 알게 되다니. 이럴 때 보면 인생은 참 신기하다.

요새 정말 많은 일들이 빠르게 발생하고 있다. 때로는 이게 한 개인이 감당할 수 있는 수준인가? 의구심이 들 정도의 다양한 일

이유 없는 다정함 : 김연수의 문장들

들이 매일같이, 그것도 아주 **빠르게** 일어나고 있다. 물론 그중에는 좋은 일도 있고 당연히 나쁜 일도 있으며, 큰일도 있고 작은 일도 있다. 그 덕분에 많이 예민해지고 조급해졌으며, 나도 모르는 사이에 시니컬해져버렸다. 그런데, 결국 김연수의 말마따나 정말 두고 볼 일이다. 그것도 아주 잠자코 말이다. 내 어찌 지금 벌어진 사태들의 의미들을 정확하게 파악하고 이해하며 헤아릴 수 있겠는가? 더 많은 인생이 쌓이고 나면, 그러니까 시간이 흐르고 흘러, 김연수의 말처럼 각기 다른 점 같았던 별개의 사건들이 하나의 선으로 연결되는 순간, 바로 그 순간에 무릎을 '탁' 치면서, 저절로 알게 될 것들인데 말이다. 저절로 알게 된다니까. 저절로!! 인생 참 신기해.

25

사랑

우리는 서로에게 영원한 타인이다.

우리는 자신을 제외하고는 누구도 완전히 알 수는 없다.

혼신의 힘을 바쳐 사랑한다고 해도

우리가 모르는 부분은 영영 남게 된다.

「oh boy, you never know!」, 『사랑이라니 선영아』, 119쪽

소설에서 광수는 선영이와 결혼한다. 그런데 그날 결혼식 피로연에서 89학번 영문학과 동기이자 친구인 진우가 〈얄미운 사랑〉을 두 번 부른다. 대학 시절 선영이와 사귄 적이 있는 진우가 아직도 뭔가 선영이에게 흑심을 품고 있다고 판단한 광수는 의도적으로 불편한 상황을 만들며, 둘 사이에 있었던 일들을 캐내보려고

이유 없는 다정함 : 김연수의 문장들

한다. 불편한 사이를 해결하고자 만난 노래방에서 광수는 진우에게 묻는다. "너, 선영이하고 잤지?"(125쪽) 이때 등장하는 문장이 바로 저 문장들이다. 과연 사랑이 뭘까? 슬라보예 지젝은『충동의 몽타주』에서, 프로이트의 그 유명한 환자 늑대인간을 예로 사랑을 설명한다. 늑대인간은 등을 돌린 채 두 손, 두 발을 바닥에 대고 엎드려 뭔가를 닦거나 빠는 여자만 보면 그게 누구이건 간에 반드시 사랑에 빠졌다고 한다. 그러니까 사랑은 내가 가진 환상의 프레임이 현실에서 구현되었다고 믿는 순간 바로 작동한다는 것이다.

여기서 발생하는 문제는, 이와 같은 이유로 사랑이 폭력적이라는 것이다. 그런 사람은, 그러니까 이상형 운운하면서 환상을 품었던 바로 그 사람은, 사실상 이 세상에 존재하지 않으니까 말이다. 하지만 서로의 환상으로 결합된 사랑이기에, 어느 정도 그 환상에 부합되는 사람임을 확인하기 위해 열심히 개인 정보를 캐고, 서로를 알아가기 위해 노력한다. 또 서로가 상대방의 환상에 부합하기 위해 줄기차게 노력하게 된다. 하지만, 그러면 그럴수록 남게 되는 사실은 내가 눈앞에 있는 당신을 사랑하는 게 아니라, 내가 간직하고 있는 그 환상 속 당신을 사랑하고 있다는 사실뿐이다. 연인끼리, 부부끼리, "당신답지 않은 모습이었어", "나는 지금까지 그것도 모르고 살았네"라는 말들이 종횡무진 등장하며, 격렬하게 싸우는 이유는 모두 이와 관련이 있다. 그 환상 속 프레임과 어긋나면, 내가 사랑하는 사람이지만 갑자기 낯설어지기 마련이니까.

여기에 한 가지 더 고려한다면, 그건 바로 '조건'이다. 신형철의 『정확한 사랑의 실험』을 보면, 정신분석학자 믈라덴 돌라르를 근거로 사람은 '특정 조건' 속에서 반드시 사랑에 빠진다고 말하며, 우리를 "사랑 기계"(42쪽)라고 표현한다. 그러니까 아무리 파격적인 이야기라 하더라도 고대 신화의 원형적 테두리의 영향에서 완전히 자유할 수 없듯이 오랫동안 관습적으로 누적된 사랑이 만들어내는 약속된 장르 같은 게 존재한다는 것이다. 우리가 여기저기서 읽게 되는, 혹은 듣게 되는 누군가의 사랑 이야기에 자연스럽게 수긍하게 되는 것은 그 이야기들이 우리가 오래전부터 알고 있던 사랑 발동 조건에 부합하기 때문이다. 그래서, 누군가 나를 좋아하게 만들기 위해서 친구를 동원하고, 꽃을 준비하며, 다양한 이벤트를 세련되게 계획하는 데에는 다 그만한 이유가 있다. 이 조건 속에 있는 한, 보다 관대한 마음으로 상대방이 내 환상 속 프레임에 있는 그 사람이라고 착각하게 만들 수 있기에.

이유 없는 다정함 : 김연수의 문장들

그런데 제아무리 누군가를 사랑한다고 하더라도 영영 알 수 없는 부분이 있다. 가장 좋아하는 피아니스트 스티브 바라캇의 연주곡 중에 〈I'll never know〉라는 곡이 있다. 이 곡을 들어본 사람들은 알겠지만, 멜로디가 마치 김연수의 저 문장을 읽고 그대로 멜로디로 옮긴 건가? 싶을 정도로 쓸쓸하다. 약 10년 전, 산부인과에서 아내가 딸아이를 출산한 후 두 시간마다 수유하러 수유실에 가야 했을 때, 나도 졸린 눈을 비비며 몇 번 따라간 적이 있다. 너무 피곤해서 정말 몇 번만 따라갔었다. 미안해. 새벽에 수유실 밖에서 아내를 기다리는데, 그 대기실에서 문득 이 노래가 나왔던 게 생각난다. 나는 그때 이 노래를 들으면서 두 시간마다 수유하러 반드시 내려가야만 하는 엄마, 바로 그 엄마가 된 아내의 변화를 '내가 전혀 이해하지 못하고 있구나'라는 걸 새삼 깨달았었다. 서로가 가진 환상에 충실하고자 노력하며, 아내를 위해 사랑의 조건을 열심히 기획하고 실행하더라도, 아내를 완전히 알 수 없구나. 그 새벽에 졸린 눈을 하고서라도 겨우 따라나서지 않았다면 영원히 몰랐을 것들. 그러니까 어느 정도 환상이 잠잠해졌을 때, 알려고 노력하지 않았다면, 영영 몰랐을 그런 것들 말이다. 〈I'll never know〉, 정말 명곡이다.

26

판단

카프카로서는 얼마나 황당하겠습니까?
유산을 남긴 일이 없는데, 그게 다 사기입니다.
카프카를 훌륭한 아버지로 만들고 있잖아요.

「마지막 롤러코스터」, 『스무 살』, 53쪽

롤러코스터에서 중요한 게, 스피드냐, 텐션이냐를 두고 승룡회 회장과 재인은 충돌한다. 스피드와 텐션의 조화를 강조한 승룡회장은 본인이 설계한 열세 번째 코너 '도살자의 갈고리'가 포함된 네고랜드 플라잉코스터를 같이 타면서 토의를 계속하자고 제안한다. 시종일관 스피드나 텐션이 롤러코스터의 이상과 무관하다고 주장한 재인은 토의 제의를 흔쾌히 승낙한다. 재인은 이 플라

이유 없는 다정함 : 김연수의 문장들

잉코스터를 타면서 열세 번째 코너 '도살자의 갈고리'에서 심장마비로 죽게 되는데, 그 일로 재인이 하던 늙은 정치인의 회고록을 '나'가 대신 맡아 쓰게 된다. 그런데 이 회고록을 대신 써달라고 부탁하면서 재인이 했던 말이 사실은 카프카가 한 말이라면서, 재인의 죽음을 수사하던 수사반장은 이게 다 사기라고 말한다. 카프카조차 황당할 거라면서 무관한 유산을 부풀린다며 말이다.

성경에서만 '바빌론'이란 도시를 접한 사람들에게, 바빌론이란, 타락한 도시, 그 자체일 뿐이다. 「이사야」 48장 20절을 보면, 신은 바빌론에서 나오라고, 바빌로니아 사람들에게서 벗어나라고 선포한다. 죄와 관련해서 타락한 도시로 바빌론을 상징화하기 때문에, 교회나 성당에 다니는 분들 중에 대부분은 바빌론에 대해서 선험적으로 부정적인 인식을 가지고 있다. 그런데, 벤 윌슨의 『메트로폴리스』를 보면, 그 당시 바빌론이 얼마나 예술적으로 우수했는지, 그리고 수학과 천문학과 같은 학문이 얼마나 발달했는지에 대해서 자세하게 설명되어 있다. 그러면서 바빌론에 대한 부정적인 인식이 마치 암스테르담의 홍등가만 가본 사람이 암스테르담 전체를 다 안다는 듯이 부정적으로만 판단하는 것과 같다며 일갈한다. 이렇게 보면, 타락한 이미지로만 바빌론의 유산을 정리하는 것도 모두 사기인 것이다.

언젠가 슬라보예 지젝의 『공산당 선언 리부트』를 읽으면서, 문득, 이제 와서, 또 언제적 마르크스냐? 이렇게 생각한 적이 있었다. 그런데, 그 책에서 지젝의 말이 인상적이었다. 지젝은 저 책에서 당신이 진정으로 마르크스주의자가 되고 싶다면 마르크스주의자가 되지 말아야 한다고 말하고 있으니 말이다. 그러니까 우리가 매일 떠드는 '마르크스' 관련 이야기와 '공산당 선언'과 관련된 이야기들은 전혀 새로울 게 없으며, 당신이 정말 마르크스주의자가 되고 싶다면, 이런 이야기로만 이해될 수 있는 마르크스주의자가 되는 걸 과감히 포기해야 한다는 말이다. 아마 이 말을 김연수의 소설 속 수사반장 버전으로 바꾸면 다음과 같을 것이다. 마르크스가 자칭 마르크스주의자들을 보게 되면, 얼마나 황당할까요? 나는 저런 유산을 남긴 일이 없는데, 이건 다 사기입니다. 나를 지나치게 훌륭한 혁명가로만 만들고 있잖아요.

　살다 보면, 때론 주변 사람을 그렇게 판단할 때도 있다. 그러니까 그 사람을 바빌론이나 마르크스 취급해버리는 것이다. 누군가를 어디서 들은 이야기에 기초해서 이미 고정된 이야기로만 듣고 판단하는 것은 너무나 쉬운 일이다. 이 경우 우리는 큰 고민 없이 그를 훌륭한 동료로 취급할 수도 있고, 때에 따라서 악랄한 쓰레기로만 판단할 수도 있다. 그런데 그게 '나' 자신이라고 생각한다면? 이 얼마나 황당하냐는 말이다. 나는 저런 유산을 저들에게 남긴 적이 없는데, 저런 후일담으로 나를 기억한다는 게. 중학교 3학년 담임 선생님이 갑자기 생각난다. 최인애 선생님은 공부를 정말 잘했던, 연년생 형이 있던 내 상황을 너무나 잘 이해해주셨다. 내가 참여한 적 없는 저 유산을 철저하게 배제하고 형과 무관하게, 성적과 무관하게 나를 이해해주고 기억해주셨다. 정말 '정초적(定礎的)'으로 나를 바라봐주신 것이다. '정초적'이라는 말은 사물의 기초를 잡아 정한다는 뜻인데, 선생님은 나라는 사람의 기초를 누군가에게 들은 이야기로 잡아 정하지 않으시고, 스스로 구성하고 설계해주셨다. 만약 누구라도 사람과 사람 사이에서 이렇게 정초적일 수 있다면, 인간관계에서 오는 황당한 오해와 고질적인 피로에서 비교적 자유로울 수 있을 것이다. 정말 성숙한 사람은 자신이 내리는 판단의 '음지'를 항상 염두에 둔다. 그런 의미에서 중학교 3학년 담임 선생님은 나에게 정말 정초적이셨다. 문득, 나는 가르치는 학생들을 정초적으로 바라보고 있는가? 급 부끄러워진다.

27

엄마

나는 평생 모은 재산을 장학금으로 내놓는
김밥집 할머니도 있다고 말했다.
어머니는 그게 아니라고, 그런 게 아니라고 말했다.
어머니는 그게 잘 안 된다고 말했다.

「르네 마그리트, 〈빛의 제국〉, 1954년」, 『스무 살』, 273쪽

제사와 같은 자식의 도리에 경도된 아버지와 그런 유교 집안에서 며느리 역할을 한 어머니를 둔 '나'가 있다. '나'에게는 아버지의 첩이 낳은 이복동생 재식이가 있는데, 어머니는 유교 집안의 며느리였기에, 아들인 재식이를 거절하지 못하고 그냥 키우게 된다. 그러다가 재식이가 다 커서 집을 나가는 사건이 발생하는데,

과거 재식이를 위한 투자에 인색하던 시절, '나'가 재식 편을 든다며 이런 말을 지껄인다. 왜 신문이나 방송을 보면, 평생 모은 재산을 장학금으로 내놓지 않냐고, 그런데 어머니는 남도 아니고, 재식이를 왜 도와주지 않느냐고 말이다. 그때, 어머니가 '나'에게 말한다. 그게 아니라고, 잘 안 된다고, 그게 잘 안 된다고 말이다.

어릴 때 엄마랑 싸울 때면, 엄청난 위인들을 예로 많이 들었었다. 엄마는 그 나이가 되도록 대체 뭐 했냐는, 아주 비겁한 의도와 졸렬한 말투를 하고 무시무시한 이야기들을 쏟아냈었다. 그런데 이제 결혼도 하고 애아빠가 되고 보니, 그런 위인이 된다는 게 얼마나 어려운 것인지, 그러니까, 얼마나 비현실적인지를 깨닫게 된다. 그때는 그 싸움에서 엄마에게 상처만을 주겠다는 일념으로 정말 무시무시한 말들을 잘도 내뱉었었다. 그런데 생각해보면, 엄마도 인생을 전력으로 사셨을 텐데, 아무리 생각해봐도 좀 너무했지 싶다. 요즘도 어쩌다 엄마랑 통화하다 보면, 그때 이야기를 가끔씩 할 때가 있다. 그럼 이야기하면서 서로 그냥 웃다가, 엄마는 무시무시한 말을 내뱉는다. "니 딸도 8년 후에 중학생 되는 거 알지?" 살면서 들은 가장 소름이 돋았던 말이다.

사실 소설에서 어머니가 재식이를 도와주지 않고, 가까워지지 않으려고 노력했던 이유는 재식이의 얼굴에서 다른 여자의 얼굴을 봤기 때문이다. 그렇다, 바로 그 첩이다. 그래서 어머니는 재식이를 도와줘야겠다는 다짐을 했다가도, 점점 더 선명해져가는 그 여자의 얼굴을 재식이한테서 보면서 차마 도와주지 못했던 것이다. 독일 유학 중인 '나'가 독일로 돌아가는 장면에서 다음에는 '참한 색시'를 데려오라는 어머니의 말에, 어쩔 수 없이 유교에 갇힌, 그런 인생을 사셨을 전형적인 중년 여성이 떠올랐다. 김연수의『청춘의 문장들』을 보면, 우리가 누군가를 보고 알 수 있는 거라곤 내 입장에서의 일부분이라는 문장이 나온다. 우리가 언제든 떠올릴 수 있는 전형적인 중년 여성이었다고 하더라도, 우리가 그 여성에 대해서 알 수 있는 것은 극히 작은 일부분뿐이다. 그리고 이 일부분을 아무리 종합한다고 해도 결국 우리는 다시 그 일부분만을 볼 수 있게 된다. 그래서 장학금을 내놓는 김밥집 할머니 이야기를 운운해서는 안 되는 거다. 그건 굉장한 실례다. 잘 알지도 못하면서.

나는 부모님께 상당한 부채감을 가지고 있다. 누구나 그렇듯, 부모님의 도움 없이는 그 어떤 것도 할 수 없는 유년 시절을 경험했기 때문이다. 하지만 그 누구도 유년 시절을 삭제할 수 없듯이, 상당한 부채를 갖고 있다는 저 사실도 영원히 사라질 수 없다. 그러니까 부모님께 단 한 번도 신세를 진 적이 없는 나란, 그 자체로 불가능한 환상이다. 엄마랑 싸울 때, 엄청난 위인들을 열거했던 건, 그래서 그랬던 것 같다. 엄마한테는 속상한데, 내가 가지고 있는 부채감은 여전하니, 이참에 엄마도 이 위인들 보면서 상처나 좀 받아보라고, 내가 엄마를 보면서 스스로 부끄러워하듯이, 엄마는 그 위인들 보면서 스스로 부끄러워하라고 말이다. 생각해보면, 이런 무자비한 말들을 쏟아내던 사춘기 시절을 견뎌준 엄마한테 참 고맙다. 고마워. (나는 우리 딸의 사춘기 시절을 잘 견딜 수 있을까? 무섭다.) 여기서 우리 딸 이야기를 해보자면, 우리 딸은 부모님의 헌신, 희생, 이런 담론에 종속된 나머지, 아빠와 엄마에게 지나친 부채감을 갖지 않으면 좋겠다. 그렇게까지 안 해도 엄마, 아빠는 다 알고 있으니까. 뭘 아냐고? 그냥 다 알고 있어. 이미 다 경험해본 엄마이고, 아빠이니까. 너무 미안해지면, 못나게 굴게 돼. 그러니까 안 그래도 돼.

28

여자친구 : 아내

하지만 자기 혼자 알고 싶었다면,
그렇게까지 열심히 읽지는 않았을 것이라고 노인은 말했다.
아내에게 들려주기 위해서 읽은 것이라고.

「벚꽃 새해」, 『사월의 미 칠월의 솔』, 26쪽

어떤 봄에 한 커플이 이별 후, 이별 전 여자가 남자에게 선물한 시계를 찾으려고, 정시당이라는 시계 가게를 방문한다. 거기서 아내에게 들려주기 위해서 진시황이 나오는 책이라면 모조리 읽고 심지어 『사기』까지 읽었다는 노인을 만난다. 노인이 들어와 시계를 찾는 커플을 보고 말한다. 나 혼자 알고자 했다면, 이렇게까지 읽지 않았을 거라고, 아내를 위해서 읽었던 거라고 말이다. 그렇게 아내와 중국 시안에 여행도 가고 시안에서 진시황 병마용도 보자고 약속까지 했지만, 아내는 병마를 이기지 못하고 결국 죽게 되고, 약속했던 여행은 흐지부지된다. '우리는 왜 이렇게 하지 못했지?'라고 묻는 남자에게, 그리고, '여기서 시계를 찾는 건 모두 헛된 시간이야!'라고 말하는 여자에게, 노인은 말한다. 둘이서 걸어온 길이라면, 절대 헛된 시간일 수 없다고, 그 걸어왔던 시간들은 바로 사랑이라고 말이다.

사실 아내를 처음 만났을 때, 읽고 있었던 책이 김연수의 2009년에 나온 소설집 『세계의 끝 여자친구』였다. 그때 아내는 이 책에 관심을 많이 보였고, 아직 초반부만 읽어 전체 내용은 잘 알지도 못한 상태에서 나는 짐짓 다 읽은 척하며 장황하게 설명했었다. 그러면 아내는 "정말? 그래서?"와 같은 추임새를 넣으며 내 설명에 귀를 기울였었다. 이제는 말할 수 있지만, 그래서 나는 남는 시간에 이 책에 더 집중했던 것 같다. 그러니까 나는 이 책을 여자친구에게 들려주기 위해서 읽었던 것이다. 그 당시 나에게는 선택지가 많았는데, 김영하의 『아랑은 왜』도 얼추 꽤 읽은 상태였고, 김중혁의 『악기들의 도서관』이나 백가흠의 『귀뚜라미가 온다』도 전방위적으로 읽던 시절이었다. 그런데, 여자친구가 다른 소설보다 『세계의 끝 여자친구』에 반응하는 모습을 보고, 『세계의 끝 여자친구』에 올인하기로 결심했다. 그리고 논문 검색 사이트에서 김연수에 대한 평론이나 논문도 찾아서 읽었는데, 이 모두 여자친구 때문에 벌인 일들이었다. 나 혼자 알고 싶었다면, 단언컨대 『세계의 끝 여자친구』를 그렇게까지 열심히 읽지는 않았을 것이다.

생각해보면 나의 감수성은 이승환, 윤종신, 김민종과 같은 90년대 가요에 대단히 빚지고 있다. 아직도 이승환의 〈텅 빈 마음〉, 윤종신의 〈부디〉, 김민종의 〈연인〉과 같은 곡들은 내 플레이리스트에 항상 들어가 있다. 그런데, 그 감수성을 바탕으로 글쓰기를 하게 된 데는 전적으로 아내의 역할이 컸다. 그러니까 글쓰기와 관련해서는 아내에게 대단히 큰 빚을 지고 있는 것이다. 항상 글을 쓰기 전에, 아내와 이야기하고 아내와 소통하는 습관이 있는데, 지금 쓰고 있는 이 글도 잠시 후 아내가 가장 먼저 읽고 아기자기한 감상평을 들려줄 것이다. 그러면 난 그 감상평에 기초해서 다시 생각을 해보고, 이 글을 다듬겠지? 여자친구와 아내를 '='로 등치시킨 이유는 『세계의 끝 여자친구』에서 출발한 우리의 전통이 15년이 흘렀음에도 여전히 유효하다는 의미에서이다. 그러니까 나는 여전히 아내에게 들려주기 위해서 뭔가를 읽고, 뭔가를 쓰고 있으며, 앞으로도 뭔가를 다시 읽고 뭔가를 다시 쓸 것이다.

이유 없는 다정함 : 김연수의 문장들

소설에서 남자는 새로운 이성에 대한 호기심과 자신의 찌질함 덕분에 여자에게 먼저 헤어지자고 말했다고 밝히며, 만약 여자에게 들려주기 위해『사기』까지 읽었다는 이 노인을 그때 알았다면, 과연 우리가 헤어졌을지를 반문한다. 생각해보면, 아내 덕분에『세계의 끝 여자친구』를 읽게 된 건 순전히 우연이었다. 하지만, 그 후 김연수의 모든 책들을 신간으로 구입하고, 꾸준히 읽고 썼던 건 우연이 아니다. 그건 '여자친구=아내'와 함께 다져진 길에 만들어진 '필연' 때문이었다. 그러고 보면, '사랑'도 그렇고, 지금 '하는 일'도 그렇고, 우리와 관련된 '모든 것'들이 동시에 이렇게 말하고 있는 것 같다. 함께 걸어온 길이라면, 그건 절대 헛된 시간일 수 없다고, 그러니까 스스로 나쁜 쪽으로만 해석하면서 찌질해지지 말고, 우연을 필연으로 바꾸라고 말이다.

29

기린

제게 말들이란 얼마나 무기력한 것인지 모릅니다.
아무도 들어주지 않는 말들은 외롭고 슬픕니다.

「깊은 밤 기린의 말」, 『사월의 미 칠월의 솔』, 61쪽

자폐아 태호가 있다. 태호가 발달장애 진단을 받은 후부터, 그러니까 '엄마'와 같은 기본적인 말조차 표현하지 못하는 전반적인 '언어 침묵' 상태가 발동된 후부터 태호 엄마의 일상은 완전히 바뀐다. 침묵하는 태호를 위해서 병원을 비롯해 여기저기를 데리고 다닐 때, 엄마는 아무 말도 하지 않는, 아니 할 수 없는 태호에게 부단하게 말을 건넨다. 하지만, 엄마가 아무리 떠들어도 침묵하는 태호 앞에서 그녀는 시를 한번 써보자고 다짐한다. 더 정확히는,

태호가 좋아하는 프라이드치킨을 태호하고만 먹으러 다녀온 후에 중학교 때 꿈을 되살려 시인이 되기로 결심한다. 그리고 엄마가 시 전문지 신인상 공모에 당선되어 수상식에 참여한 자리에서 저렇게 수상 소감을 말한다. 들어주는 이가 없을 때, 말이 얼마나 무기력하고 외로운지에 대해서 말이다.

엄마가 시를 쓰게 된 건, 완전히 침묵하는 태호 앞에서 선택한 또 다른 소통 창구가 아니었을까? 문득 든 생각이다. 그날, 그러니까 엄마가 프라이드치킨을 먹고 시인이 되기로 결심한 그날, 갑자기 사라진 태호가 애견 센터 앞에서 발견되는데, 그때 엄마는 무심한 태호가 유독 관심을 보인 몰티즈 한 마리를 집으로 데려온다. 그리고 그 몰티즈의 이름을 '기린'이라고 정한다. 여기에도 비하인드 스토리가 있는데, 그 어떤 단어에도 반응하지 않던 태호가 유독 '기린'에만 반응을 했기 때문이다. 누구나 아는 바이지만, 듣는 이가 없으면 말하는 이도 없다. 엄마가 태호를 데리고 병원에 가는 차에서 차라리 같이 죽었으면 하고 바랐던 마음도, 죽고 나서는 태호와 소통이 가능하리라는 실낱같은 희망 때문이 아니었을까? 차라리 일방향인 지금보다는 그게 낫다고 생각했을 것이다.

갑자기 김애란의 『바깥은 여름』에서 「어디로 가고 싶으신가요」가 생각났다. 엄마와 아빠는 오래전에 죽었으며, 오른쪽 몸이 마비돼 밥도 혼자 못 먹고, 동생까지 사고로 잃어 홀로 남은 중학교 1학년 여학생이 있다. 이 여학생이 물에 빠진 동생을 살리려다가 죽고 만 선생님의 아내에게 삐뚤삐뚤한 글씨로 편지를 쓴다. 그 편지에는 꿈에 나온 동생 이야기로 시작하는데, 동생이 자신을 키워줘서 고맙다고 말하며 밥을 꼭 챙겨 먹으라고, 사랑한다고 말했다는 내용, 겁 많은 동생이 선생님의 손을 잡고 갔기에 너무 감사하다는 내용, 그리고 "평생 궁금해하면서 살겠습니다"(265쪽)라는 내용이 담겨 있다. 처음 이 소설을 읽고, 특히 이 편지를 읽고 마음이 너무 먹먹해서 그냥 정지 상태로 있었던 게 생각난다. 아이를 낳자고 약속하고, 금연을 결심한 남편이 다른 아이를 구하려다가 죽었다는 원망, 장례식장에 죽은 아이 가족들이 아무도 오지 않았다는 데에서 오는 원망, 그 원망과 분함이 피부로 드러나던 아내는 그 편지를 읽고서야 비로소 다시 남편이 보고 싶어진다. 즉 '들어준다는 건' 바로 이 '편지', 그러니까 '기린'과 같은 것이다. 서로에게. 우리 모두에게.

가끔씩 수업하다 보면, 내 말들이 얼마나 무기력한 것인지 깨달을 때가 있다. 물리적 공간에서 학생들의 생물학적 '귀'는 나와

이유 없는 다정함 : 김연수의 문장들

같은 공간에 있지만, 정말 이 학생들이 내 이야기를 '들어주고 있는가'에 대해서는 확답하기 어려울 때가 더 많다. 소설에서 엄마는 '기린'이라는 별것도 아닌 말에 태호가 반응만 해도 힘이 불끈 솟는다. 엄마는 '기린'으로만 아이와 소통할 수 있지만, '기린'으로라도 태호와 소통할 수 있었기에 엄마는 꿈도 찾고 시인도 될 수 있었을 것이다. '기린'의 위력, 아니 '소통'의 위력은 실로 참 대단하다. 나는 김애란의 소설에서 아내가 중학교 1학년 학생이 쓴 그 편지를 '읽어준 거'라고, 그러니까 '들어준 거'라고 확신한다. 그러니까 단순히 시각적으로 글만 읽은 게 아니라, 부모님과 동생까지 모두 잃고 고아가 된 아이의 상황과 그런 상황 속에서 자신을 위해 편지를 써 내려간 그 아이의 결심, 그리고 편지를 쓰면서 느꼈을 그 아이의 슬픔과 어떻게든 표현하고자 했던 감사함 전부를 헤아려준 것이라고 말이다. 문득 나도 '기린'처럼 소통하고 싶어졌다. '기린'을 그 동물원의 생명체 '기린'으로만 들어주고 싶지 않아졌단 말이다.

30

파란색

고통(苦痛)이란 단수(單數)라는 것이다.
여러 개의 고통을 동시에 느끼는 경우는 거의 없다는 것.

「푸른색으로 우리가 쓸 수 있는 것」, 『사월의 미 칠월의 솔』, 166쪽

주인공 '나'는 항암치료를 받기 위해 내원한 암센터에서 소설가 정대현을 만난다. 그는 '나'의 직업이 소설가라는 사실을 알게 된 후에 자신이 쓴 『24번 어금니로 남은 사랑』에 대해 이야기한다. 소설에서 그는 실연의 고통을 잊기 위해 어금니를 뽑지만 그 어떤 고통도 느끼지 못했기에 참다못해 자신의 목을 찔렀다고. 그러면서 그는 "이 현실은 고통을 원리로 건설됐다"(169쪽)라고 결론을 내린다. 그 후 나와 정대현은 만나지 못하다가, 어느 날 정대

현은 『24번 어금니로 남은 사랑』 '이후의 이야기'를 '나'에게 보내는데, 그가 암으로 죽었기에 이는 그의 유작이 된다. 그 유작에는 빨간색, 검은색, 파란색 문장에 대해 설명하며, 절필한 이유를 이야기한다. 그는 쓰는 즉시 술술 나오는 검은색 문장이 아니라, 모름지기 소설이란 쉽사리 써질 수 없는 빨간색 문장으로 만들어져야 한다고 말한다. 그런데, 빨간색 문장으로 완성되었다고 믿었던 『24번 어금니로 남은 사랑』을 발표한 후에, 거기에 미처 말하지 못한 파란색 문장들이 있었다는 사실을 알게 되고, 그는 절필을 하게 되었다고 말한다.

중학교 과학 시간에 '역치'와 '실무율'을 배웠던 기억이 난다. 과학에는 문외한이라, 적절한 설명인지는 모르겠으나, 이 둘의 관계는 역치 수준의 자극이 와야 실무율, 즉 실제 고통을 느낄 수 있다는 말이 된다. 바꿔 말하면, 여러 자극이 오더라도, 실제 역치 수준을 넘는 자극에서만 실무율이 나타난다. 다만 '신경 다발'에서는 실무율이 없다고 하는데, 신경마다 역치 수준이 모두 달라서 가장 큰 역치에 따라 일정 수준의 고통을 나타내는 실무율은 성립하지 않는다는 지적이다. 바꿔 말하면, 신경 다발에서는 최대 자극을 받은 신경만이 고통으로 드러나는데, 이는 "고통(苦痛)이란 단수(單數)라는 것이다. 여러 개의 고통을 동시에 느끼는 경우는 거의 없다"는 김연수의 문장과 일맥상통한다. 왜 우리가 어릴 때, 부모님이 이를 뽑으면서 이마를 세게 때리는 이유도 이와 같지 않을까? 최소 그 순간만큼은 이마가 더 아플 테니까. 우리는 고통을 '복수(複數)'로 느낄 수 없으니 말이다.

소설에서 정대현의 부고 소식을 들었던 2009년 5월에 나는 김연수의 『네가 누구든 얼마나 외롭든』을 인도 찬디가르에서 읽던 시절이었다. 정신없이 변하는 시공간 속 너무 많은 이야기의 등장에, 나는 읽는 즉시 이해가 되는 검은색 수준의 이해가 아니라 이해될 수 없는 것까지 이해해야 하는 빨간색 수준의 이해를 하기 위해서, 그 소설을 읽고 또 읽었다. 최소한 국문학도로서 그래야만 한다고 생각했었다. 물론 이 시간이 매우 '고통'스러웠지만, 어느 정도 빨간색 수준의 이해에 근접했다고 믿었을 때, 나는 비로소 저 '고통'에서 해방될 수 있었다. 그러다가 인도에 사는 다른 한국분이 재밌을 것 같다며 저 소설을 빌려갔고, 그 후 같이 저녁을 먹으며 소설에 대해 이야기를 나눴는데, 그때 그 한국분이 뭔가 내가 오해를 하고 있는 것 같다며 자신의 감상평을 들려준 적이 있다. 나는 내가 미처 알지 못했던 부분이 있었다는 사실에 절망하며, 새롭게 파란색 수준의 이해를 해보려고 『네가 누구든 얼마나 외롭든』을 펼쳐 들었으나, 차마 다시 읽을 수가 없었다. 그러고 나서 한동안 저 소설을 절독(絶讀)했었다.

결국 빨간색이란, 내 고통에 못 이겨 찾아낸 그럴듯한 원인과 결과였을 것이다. 하지만 아무리 그럴듯한 것들이라고 하더라도 그 빈틈을 메우는 건 사실상 불가능하다. 김연수의 『너무나 많은 여름이』에는 "개인의 기억은 통조림에 붙은 라벨 같은 것이니까"(78쪽)라는 문장이 나온다. 결국 뭔가를 완벽하게 이해하고 있다는 환상, 그리고 이 이해를 선명한 빨간색으로 치환할 수 있다는 믿음은 어디까지나 통조림의 라벨 같은 것이다. 진실은 파란색 어디일 수도 있으니 말이다. 소설에서는 소설가 정대현의 부고 소식과 노무현 대통령의 서거 사건을 작품 말미에 동시에 보여준다. 여기서 들었던 생각은, 누군가가 죽기 전 느꼈을 고통의 무게를 우리가 어떻게 이해할 수 있겠냐는 것이다. 모든 고통을 차치하고 죽음으로 이르게 만들었을 그 깊고 큰 단수의 고통을 말이다. 2010년 5월 어느 날, 전직 대통령의 죽음을 폄하하는 이야기를, 하오에 술에 취해 떠들어대는 사람을 노려본 적이 있었다. 당신은 당신이 아는 빨간색이 전부라고 생각하지? 난 당신까지도 파란색으로 이해하려 노력한다. 너무나 과분하지만.

31

변화

제 아무리 인생을 깊이 들여본다고 해도
모두에게 이해받을 수 있는 인생을 사는 사람은 없다.
인생은 누구에게나 불가항력적인 우연의 연속이다.

「웃는 듯 우는 듯, 알렉스, 알렉스」, 『세계의 끝 여자친구』, 221쪽

알렉스는 우연히 에든버러 성 근처에서 재클린을 만나 연인 관계가 된다. 이들은 여러 나라를 돌아다니면서, 그 나라, 도시를 대표하는 지역이나 음식 등을 다루는 잡지를 만들게 된다. 이스탄불에서 캘커타를 거친 그들은 해변 도시에서 리 선생을 만나게 되는데, 리 선생이 잡지 만드는 비용을 전액 부담하기로 하면서, 잡지 제작은 전환점을 맞는다. 다만, 자신의 사랑 이야기를 반드시 넣

어야 한다는 조건이 있었는데, 알렉스는 똑같은 이야기를 매호에 넣으면서 그 이야기에 질려버리고, 해변에서 우연히 만난 '그'에게 200달러를 주고 리 선생의 사랑 이야기를 대신 써달라고 부탁한다. 문제는 사랑하는 여자의 아버지를 죽였다는 리 선생의 사랑 이야기가 '그'가 쓰더라도 똑같은 이야기라는 알렉스의 관점에 있다. 그는 인생은 누구에게나 우연의 연속이고 모두에게 이해받을 수 있는 인생은 없다고 썼는데, 알렉스는 이게 리 선생에게 면죄부를 준다며 화를 낸다.

인천대학교에서 강의할 때였는데, 금요일 아침에 강의를 끝내고 송도를 막 벗어나기 시작하면, 라디오에서는 〈박선영의 씨네타운〉이 흘러나오고 있었다. 그날도 자연스럽게 11시 30분쯤부터 〈박선영의 씨네타운〉을 듣고 있었는데, 너무나 익숙한 멜로디의 노래가 나와서 화들짝 놀란 적이 있었다. 어릴 적, 그러니까 지금처럼 네이버 뮤직 같은 곳에서 멜로디만 듣고 알아서 제목을 찾아주는 앱이 없던 시절, 나는 그 노래의 제목을 알고 싶어서 백방으로 노력했었다. 불행하게도, 나는 그 노래의 제목을 알지 못했고, 그 후 약 20년 동안 잊고 살고 있었다. 그런데 정말 우연히도 그 노래를 라디오에서 듣게 된 것이다. 〈We are all alone〉이라는 곡인데, 이 노래의 제목을 알고 나자, 하루에 최소 100번씩 듣지 않고

서는 참을 수가 없었다. 지금도 이 노래를 생각하면 인생이 '불가항력적인 우연'이라는 말에 동의할 수밖에 없다.

그런데, 나는 여기서 한 가지 특이점이 왔는데, 이게 우연이 아니라 그간 틈틈이 이 노래의 제목이나 가수를 알고자 노력했던 내 시도가 이 우연을 만든 것이라는 생각까지 하게 되었다. 마치, 소설에서 리 선생이 시간이 흘러, 여자를 떠나야만 했던 마땅한 '원인'을 찾지 못하자, 혁명의 주인공으로 자신을 각색하고 아버지를 직접 죽인 것으로 기억하고 있는 것처럼 말이다. 알렉스가 자신의 외도를 용서한 재클린의 결정을 잊고, 재클린이 리 선생에게 넘어간 직후, 그녀를 '창녀'라고 각색하는 것처럼 말이다. 그러니까 우리가 어떻게 기억하냐는 결국 후일담으로 우리가 어떻게 정리하느냐가 결정한다. 리 선생은 고백하기를, 사랑하는 그녀와 살기 위해서 2층 석조 건물을 매입한 후에야 혁명의 와중에 그녀의 아버지가 죽었다는 사실을 알게 되는데, 이 또한 리 선생이 그녀를 떠나 기차에 올라탔어야 하는 정당성을 확보하기 위해서 자기 자신을 혁명의 주인공으로 각색을 한 것이었다.

그리고 보면, 재판에서 양측 검사와 변호사의 이야기나, 시사교양 프로그램에 등장하는 인터뷰, 혹은 같은 사건에 대한 각 신문사의 기사들은 대부분 한쪽 입장에서 각색된 이야기에 불과하다. 그 사건이 아무리 불가항력적인 우연으로 발생한 것이더라도 어떻게 기억하고 어떻게 각색하느냐는 순전히 자기 자신에게 달린 것이다. 누군가가 나에게 자신의 인생이 '변화'되기를 바란다고 묻는다면, 나는 그에게 다음과 같이 말해줄 것이다. 일단 현재 당신의 결정을 옥죄는 사건이나 사태가 있다면, 그 사건이나 사태에서 비롯될 수 있는 긍정적인 결과를 바탕으로 그 사태와 사건을 재정립하라고. 그게 너무나 시원찮은 결과라서 누군가의 비웃음을 살 수 있더라도, 용감하고 당당하게 바꿔보라고, 그렇게 하고 나서, 마음이 달라졌다는 걸 스스로가 느낄 수 있게 된다면, 그 마음 그대로 본래 하고 싶었던 것을 추구하라고. 다른 게 변화가 아니라 그런 게 변화라고 말이다.

32

위안

쉽게 위안받을 생각하지 말고,
삶을 끝까지 쫓아가란 말이야!

「네가 누구든, 얼마나 외롭든」, 『세계의 끝 여자친구』, 180쪽

'나'는 주로 친구나 가족들을 피사체로 작업하는 사진작가의 평전을 제안받는데, 그 작가의 유일한 흑두루미 사진을 우연히 신문에서 보고 나서 그 제안을 수락하게 된다. 그 흑두루미 사진은 '흑두루미와 함께한 날의 노을 시리즈' 중의 하나로, '나'는 그 사진을 보면서 언젠가 내가 봤었던 그 노을을 그 작가도 봤다고 확신했기 때문이다. 사실 '나'의 엄마는 투병 생활을 하다가 고통 속에서 죽었는데, 엄마가 죽던 날, 오빠, 남편, '나'가 같이 노을을

봤지만, 엄마가 죽던 날의 그 노을을 오빠와 남편은 이해하지 못한다. 그러니까 엄마의 고통을 결코 이해할 수 없었던 '나'처럼, 그날의 그 노을은 '나'를 제외하고는 누구도 보지 못한 것이다. 그런데, 그 노을이라고 생각되는 사진을, 평전을 의뢰받은 사진작가의 사진에서 본 것이다. 나중에, '나'는 평전 완료와 무관하게, 내 의지로 '아즈미'라는 곳으로 가게 되는데, 진짜 그곳에서 그 작가가 본 것이 무엇인지, 무엇 때문에 그 사진을 찍었는지, 끝까지 알아내려고 애쓴다.

내가 여기서 하고자 하는 말은, 최근 '위안'에서 멀어진 내 삶이다. 『세계의 끝 여자친구』의 다른 소설 「웃는 듯 우는 듯, 알렉스, 알렉스」를 보면 "너는 너만을 이해했을 뿐이야"(225쪽)라는 문장이 있는데, 내가 위안과 거리를 두게 된 건, 순전히 이 문장 때문이다. 소설에서 엄마가 죽은 날, 오빠와 남편이 '내'가 봤던 그 노을을 볼 수 있었다면, 그랬다면, 확실한 위안이 전달됐을 것이다. 만약 엄마가 투병 생활 중에 경험하는 그 고통을 '나'도 느낄 수 있었다면, '나'와 엄마 사이의 거리감은 좁혀졌을 것이다. 그렇지만, 엄마의 고통에는 엄마만 접근할 수 있듯이, 그날의 노을에는 자신 이외에는 그 누구도 접근할 수 없다. 우리는 오직 우리만을 이해하기 때문이다. 이에 주인공 '나'는 신문에서 그 사진을 보고 뭔가에 홀리듯이 평전 작업을 수락하고, 그 작가가 노을을 찍었다고 하는 '아즈미'라는 곳으로 대책 없이 떠나는 모습에서, "쉽게 위안받을 생각하지 말고, 삶을 끝까지 쫓아가란 말이야!"가 무슨 말인지 언뜻 알 수 있었다.

이 소설에서 주인공 '나'는 엄마가 좋아하는 백합을 사서 병실에 두지만, 백합의 향이 너무 세서 엄마가 숨을 쉬지 못한다. 어쩔 수 없이 백합을 집으로 가져가고, 엄마 사진 옆에 백합을 두는데, 그 백합이 시들자, 남편이 말도 없이 버려버린다. 눈물이 범벅이 되어 백합을 다시 갖다 놓으라는 말에, 남편은 뻔한 위로의 말을 전한다. 미안하다고, 내가 앞으로 더 잘하겠다고. 역설적이지만, 바로 이 지점에서 아내 '나'는 이혼을 결심한다. 이렇게 노력 없이, 관성화된 멘트로 구성된 위안만으로는 절대 그 노을을, 그러니까 누군가의 고통을, 다시 말해서 그 백합이 자신에게 어떤 의미였는지를 전혀 이해시킬 수 없다고 판단했기 때문이다. 이쯤에서 쉽게 위안받을 생각하지 말라는 말이 무슨 의미인지 비교적 정확하게 이해하게 된다. 하지만 그렇다고 모든 관계를 끊고 절로 들어가라는 말은 아닐 터.

멜 깁슨이 감독한 영화 〈아포칼립토〉를 보면, 공포를 병으로

묘사하는 장면이 나온다. '부싯돌 하늘'은 아들 '재규어 발'에게, "두려움은 사람의 영혼을 갉아먹는 병"이라고 가르친다. 그러니까 두려움을 안고 사는 건 평생 못 고칠 병에 걸린 것과 같다고 말이다. 그런데 이 병은 사실 '전염병'이다. 누군가 한 명이 불안해하기 시작하면, 평온했던 공동체 전체가 불안해지기 시작하기 때문이다. 위로? 위안? 그것도 마찬가지이다. 위로와 위안에 익숙해진 사람은 위로와 위안이 없으면 살지 못하는 병에 걸린 것과 같다. 때로 자신이 기대한 위로와 위안을 지인으로부터 받지 못하면, 관계를 단절해버리기도 하고, 또 그렇게 관계를 단절한 경험이 있는 사람하고만 어울리면서 자신들의 행위를 합리화하기도 한다. 그런데 결국 우리는 우리만 볼 수 있을 뿐이다. 안 좋은 상황일수록 더 높은 수준의 위로를 기대하는데, 그 기대는 본래 여지없이 깨지는 게 순리다. 그러므로 쉽게 위안받을 생각을 하지 않는 것, 반대로 관성화된 위안에 실망하지 않는 것, 마지막으로 '아즈미'로 떠나는 것처럼, 자신의 삶을 끝까지 쫓는 것, 이게 그 어떤 말로도 경험할 수 없는 진짜 위안이라는 것.

우리 주변을 조금만 주의 깊게 둘러보면,

차마 말할 수 없었던, 감히 언어화되지 못한 마음들이,

마치 우리로부터 이해되기만을 기다리고 있다는 걸 알 수 있다.

33

딸아이

으아아아으으어

「케이케이의 이름을 불러봤어」, 『세계의 끝 여자친구』, 26쪽

'나'는 과거 열일곱 살 연하의 남자친구 케이케이의 나라에서
열리는 작가대회에 참석한다. 여기서 '나'는 케이케이가 '시체의
수영'을 했다는 '밤메'에 가달라고 통역사 '해피'에게 말한다. 그
런데 해피가 데려간 간 곳은 '밤뫼', 그러니까 지금의 '방미'였고,
이곳은 케이케이가 말한 '밤메'가 아니었다. '나'는 해피, 그러니
까 본래 '혜미'인데, 'help me'로 기억해달라는 말에 'happy'로 부르
기로 한 통역사에게 '밤메'로 다시 데려가달라고 말한다. 그때 '방
미'에서 혜미는 '나'에게 세 살배기 죽은 아들에 대한 이야기를 들

　　　　　　　　　　　이유 없는 다정함 : 김연수의 문장들

려준다. 그 이야기를 들으면서 '나'는 머리통이 수박처럼 부풀어오른 채로 죽었던 케이케이를 떠올린다. 혜미는 아들이 죽은 후로 그 누구와도 대화하지 않았다고 말하며, 남편 친구들이 무슨 '낙(nak)'으로 사는지 궁금해했다고 말한다. '나'는 'nak'의 의미를 궁금해하지만, 혜미는 그 'nak'이 무슨 'nak'인지를 설명할 수 없다. 통역사 혜미가 '방미'를 이해하지 못했던 것처럼 '나'는 그 'nak'을 이해하지 못한다.

군대에서 처음 백일 휴가를 나왔을 때, 아내는 김연수, 김중혁 작가의 북콘서트에 가자고 했었다. 그때 내 기억으로는 나를 제외하고 참가자 전원이 여성 독자였던 걸로 기억한다. 그런데 처음 저 소설을 읽고 '으아아아으으어'에 사로잡혀 있던 나는, 작가와의 대화 시간에 용기를 내어 저 '으아아아으으어'에 대해서 질문했었다. 지금 생각해도 참 대단한 용기였다. 내가 질문하면서 '으아아아으으어'를 몇 차례 따라 말했고, 그때마다 참석자 전원이 웃었었는데, 유독 김연수 작가만은 골똘히 무언가를 생각하는 눈치였다. "작가님은 소설에서 '으아아아으으어'를 통해서 모든 걸 말하고 있는 사람을 상징적으로 보여주셨는데요, 이게 언어는 10퍼센트만 나타낼 수 있을 뿐, 나머지 90퍼센트는 미지의 세계라는 소설 속 주제 의식과 연결된다고 볼 수 있을까요?" 나의 질문에 모든 청중이 의외의 기습 질문이라는 듯, 호기심 어린 눈망울로 김연수 작가의 입만 바라보고 있었다.

　멋진 결말은 김연수 작가께서 나의 질문의 의도를 정확하게 이해해서, 언어로 표현할 수 없는 90퍼센트 미지의 세계가 바로 아이가 말한 '으아아아으으어'이며, 이 말을 통해 아이가 엄마에게 모든 것을 다 말하고 있다는 주제 의식을 보여준다고 대답해주셔야 했지만, 결말은 어긋났다. 그러니까 내 기억이 맞는다면, 그 당시 김연수 작가는 엉뚱한 대답을 해주셨다. 그 대답이 정확하게 생각나지는 않지만 내 질문과는 상관없는 답변임은 확실했다. 그런데, 나는 이 엉뚱한 대답이 소설에서 '밤메'가 '밤뫼'가 되고 다시 '방미'가 되는 것처럼, 그러니까 '혜미'가 'help me'가 되고 'happy'가 되는 것처럼, '시체의 수영'이 '송장헤엄'이 되었다가 'a corpse swimming'이 되는 것과 같다는 생각을 하게 됐다. 그 대답 자체가 언어가 보여주는 미지의 90퍼센트를 나타내는 것이라고 이해해버린 것이다. 나는 이 자체가 하나의 은유였다고 판단하면서, 그 당시 아내와 북콘서트가 끝나서 돌아오는 길에 김연수 작가의 안목과 지혜로운 대답을 연신 추앙했던 기억이 난다. 정말 우리에게 김연수 작가란, '유느님' 그 자체다.

　　　　　　　　이유 없는 다정함 : 김연수의 문장들

아이를 키워본 사람이면 누구나 알 것이다. 겨우 엄마, 아빠만을 말할 수 있는 시절, 아이가 말하는 모든 의성어가 그 아이가 말할 수 있는 전부라는 걸. 그러니까 '으아아아으으어'와 같은 아이의 입에서 나오는 의성어는, 사실상 '으아아아으으어'가 아니다. 그건, 배가 고프다는 말일 수도 있고, 지금 어디가 아프다는 말일 수도 있으며, 하고 싶지 않다는 결연한 의지를 나타낼 수도 있다. 그 말은 우리가 알지 못하는 언어의 90퍼센트 어디에나 가 있을 수 있는 말이다. 언어를 자유자재로 구사할 수 있는 성인 원어민도 90퍼센트의 미지의 세계가 존재한다면, 아이에게 '으아아아으으어'는 언어의 전부가 된다. 그래서 이걸 고려하지 않으면 이해는 발생하지 않는다. 오래전 언젠가, 새벽에 딸아이가 '으아아아으으어'라고 울던 날 물도 주고, 이유식도 주면서 아이가 왜 우는지 너무나 알고 싶던 날, 그 이유를 알지 못해 죽고 싶었던 적이 있었다. 아이는 다 말하고 있는데, 전부 말하고 있는데. 아내가 아이의 귀에 체온계를 대고 나서야 미열이 나고 머리가 아파서 하는 '으아아아으으어'라는 걸 겨우 추측할 수 있었다. 요즘 초딩이 된 딸아이랑 대화하다가 한숨 쉬는 딸아이를 보면, 그때 생각이 제일 먼저 난다. '으아아아으으어'. 너무나 이해하고 싶어서 너무나 죽고 싶었던 그때가.

34

필연

그러니까 우리가 만날 때는
서로 만나기로 약속한 사람처럼 만난다.
인연에는 우연이 없다.

「당신들 모두 서른 살이 됐을 때」, 『세계의 끝 여자친구』, 104쪽

　　광고 대행사에서 일하는 주인공 '나'는 서른 살이 된 생일날에 갑자기 들이닥친 외사촌과 그의 아내를 남산에서 만나 식사를 하게 된다. 이때 '나'는 서른 살이 되면, 대학에서 만난 남자친구 종현과 세계 일주를 할 계획으로 돈도 모으고 있었는데, 나이가 들수록 그게 가당치도 않다는 걸 깨닫고, 영화 전공인 이들은 전공과 무관한 일을 하게 되면서 자연스럽게 이별하게 된다. 그런데

남산에서 식사를 하면서 사촌 부부가 세계 여행을 목표로 신혼여행 중이고, 그 첫 번째 기항지로 한국을 선택했음을 알게 된다. 나는 그들과 식사를 하면서 전남친 종현이 지금은 택시 기사를 하고 있고, 택시 기사를 하면서 우연히 같은 날 세 번 종현의 택시에 탑승한 여자와 새로 교제를 시작했으며, 지금 그 인연으로 아예 서울시의 지원을 받아 카메라를 달고 택시를 운영 중이라고 말한다. 이 말을 들은 사촌이 저렇게 말하는 것이다. 우연히 만났지만 약속한 것처럼 만난다고, 인연에는 절대 우연이 없다고.

소설에서 외사촌이 아내를 만난 일도, 종현이 택시 기사를 하면서 새로운 여자친구를 만난 일도, 남산에서 식사를 하고 잡은 택시에서 주인공이 종현을 만난 일도, 사실 모두 우연이었다. 그런데, 그 사촌이 아내를 만나 세계 일주를 하면서 생면부지의 누나인 나를 찾아 한국에 온 일도 과연 우연일까? 그러니까 그 부부를 만나고 나서, 주인공이 과거 대학 시절, 세계 일주를 꿈꾸며 사귀었던 종현을, 그것도 택시에서 다시 만난 게, 이게 우연이냐는 말이다. 종현의 택시를 타고 가서 사촌 부부를 호텔에 내려주는데, 그때서야 사촌은 할머니 유품인데, 누나가 가지고 있으면 좋을 것 같다며 선물을 내민다. 이 순간 이 만남은 우연이 아니다. 마치 저 할머니의 유품을 오랜만에 만나는 누나에게 전달하기 위해 약속된 만남, 그러니까 필연으로 느껴지는 것이다.

폴프 슈나이더가 쓴 『위대한 패배자』를 보면, 고흐에 대한 이야기가 나온다. 사실 지금이야, 고흐가 인상주의 화가로 대단히 유명하다고 생각하지만, 그 당시 고흐의 그림은 전혀 인정받지 못했고 고흐는 가난 속에서 하루하루를 겨우 버틸 때였다. 폴프 슈나이더의 책에는 고흐가 생활고로 심한 고통을 받아 용병부대에 입대할 결심을 했다고 한다. 이 내용은 고흐와 동생이 주고받은 편지에 고스란히 남아 있는데, 동생 테오가 간신히 뜯어말려서 형의 입대를 막았다고 한다. 만약 이때 테오가 고흐를 말리지 않았다면, 생활고로 힘들어하는 형 고흐를 위해 경제적 지원을 하지 않았다면, 지금 우리가 알고 있는 고흐의 그림들이 남아 있을 수 있었을까? 누군가는 테오와 고흐가 같은 부모 아래에서 형제로 만난 인연을 우연이라고 말할 수도 있겠지만, 테오가 형을 위해 한 행동을 보면 꼭 필연처럼 느껴진다. 테오가 없었다면, 패배자처럼 보내던 그 시절을 고흐가 견딜 수 없었을 것이기에, 이건 마치 약속한 사람처럼 동생이 고흐의 인생에 등장한 것과 같은 것이다. 만약 나를 동생으로 뒀다면, 글쎄······.

사람을 만나다 보면, 보잘것없는 가능성에 주목하는 사람들이 있는가 하면, 보잘것없는 문제에만 주목하는 사람들도 있다. 나는 단언컨대 보잘것없는, 그 적은 가능성이 우연을 필연으로 만든다고 확신한다. 우리가 사는 모든 곳에서 마주하는 만남의 대부분은 우연한 만남의 연속이고, 여기서 딱히 필연이라고 느낄 만한 일들은 그렇게 많지 않다. 그런데, 별것도 아닌 것처럼 보이는 가능성을 믿고 무언가를 하려고 하면, 그게 계기가 되어 관계가 개선되기도 하고, 마치 만나기로 약속했던 것처럼 새로운 사람들과 연결되기도 한다. 아, 그래서 이 순간, 이 사람이 나한테 왔나? 뭐 그런 생각이 들게 된다. 이렇게 보면, 정말 인연에는 우연이 없다. 내 미움과 기대 없음이 인연을 우연으로 전락시킬 뿐. 항상 우연이라 생각해 만남을 경솔히 여기지 말고, 인연이라 생각하고 감사할 것. 지금 만나는 그 사람이 필연의 연결고리임을 꼭 기억할 것. 그 사람도 보잘것없는 가능성에도 불구하고 나에게 다가왔음을 항시 유념할 것.

35

친구

Always I wanted baby.

I want to be the elephant like this.

I am alone. I feel lonely.

「모두에게 복된 새해—레이먼드 카버에게」, 『세계의 끝 여자친구』, 140쪽

말하자면 친구? 이런 친구가 아내한테 있단다. 남편은 죽음을 앞둔 노인으로부터 피아노 한 대를 얻게 되는데, 오랫동안 연주하지 않은 그 피아노는 조율이 시급했다. 한국어 교사인 아내는 외국인 노동자 한국어 수업에서 한국어를 배우는 '사트비르 싱'을 소개하면서 이 친구가 피아노를 조율하러 올 거니까 자신이 돌아올 때까지 그 친구를 후하게 대접하라고 한다. 문제는 이 친구

의 한국어 실력인데, 남편은 5개월밖에 한국어를 배우지 못한 언어 실력으로 어떻게 아내의 친구가 될 수 있었는지를 자문한다. 즉, 같은 한국어를 구사하는 남편조차도 아내와 관계가 소원해졌는데, 어떻게 한국어를 못하는 외국인과 아내가 친구가 되었는지 의아했던 것이다. 싱은 어눌한 한국어로 그림까지 그리면서 아내와 무슨 이야기를 했는지 말하는데, 그때 남편은 아내가 서툰 영어로 말하면 싱이 서툰 한국어로 말하며 소통했다는 것을 알게 된다. 싱을 통해 전달받은 아내의 영어에서는 남편은 한국어로도 듣지 못했던 'baby', 'alone', 'lonely'라는 단어가 섞여 있었다.

김중혁은 『뭐라도 되겠지』에서 우리가 어렸을 때 사귄 친구들은 서로 이해할 필요가 없었기 때문에 불알친구가 될 수 있었다고 말한다. 서로 이해하지 않았기 때문에 친구가 되었다는 말인데, 여기에 대해서 김중혁은 서로를 이해했기 때문에 친구가 된 게 아니라 함께 보낸 시간 덕분에 친구가 된 것이라고 말한다. 그러니까 오랫동안 함께 시간을 보내면서, 이해하려고 애쓰지 않아도, 서로를 그냥 이해하게 된 것이다. 이를 다시 김연수 버전으로 말하자면, '언어'가 중요한 게 아니라, '함께 노력한 시간'이 중요하다는 걸 알 수 있다. 이 소설로 돌아오자면, 항시 옆에서 그림까지 그려가며 소통하려 한 인도 친구 '싱'이 있고, 침묵으로 일관하며 아내가 원치 않는 '피아노'를 일방적으로 선물하려던 '남편'이 있게 된다.

사트비르 싱은 펀자브 출신의 인도 사람이다. 과거 2년 동안 펀자브주 찬디가르시에 살았던 나는 이 소설을 읽으면서 정말 많은 생각을 했다. 모국어가 다르며, 동성도 아니고 사회적 위치(선생님-학생)까지도 다른데, 친구가 될 수 있다니 말이다. 그런데 내 경우를 미루어 생각해보면, "그렇다" 쪽이다. 지금은 믿기 힘들겠지만, 인도에서 나는 약간 인싸(insider) 계열이었다. 하지만 그 당시 내가 하던 영어도 소설 속 사트비트 싱의 한국어 수준과 별반 다르지 않았던 걸로 기억한다. 물론 차차 시간이 지나면서는 영어가 훨씬 좋아졌지만, 인도 친구들은 내 영어가 바닥이던 시절부터 내 옆에서 친구 역할을 해주었다. 참 신기하다. 작년 이맘때, 페이스북 메신저로 인도 친구 한 명으로부터 청첩장이 왔는데, 10년이 지나고, 장소가 바뀌었어도 서로의 추억과 이야기가 유효함에 너무나 반가웠다. 나야말로, 힌디어가 모국어가 아니고, 그중에는 이성 친구들도 있었으며, 무엇보다 사회적 위치(자원봉사자-대학생/회사원)가 완전히 다른 친구들도 있었는데, 이들이 모두 내 친구였었다니. 매직이 있다면, 이게 매직이 아니고 무엇이겠는가?

소설에서 남편과 아내는 아이를 유산한 후에 대출까지 받아서 일본 홋카이도로 '이별 여행'을 간다. 여기서 이별은 서로의 이별이 아니라 아이와의 이별이었으리라. 마음의 상처가 가시지 않은 상태에서 이 문제를 터놓고 서로의 마음을 이해하려는 노력은 최소한 남편 쪽에서는 없었던 것 같다. 남편이 선물한 피아노가 일종의 화해의 제스처였을 수도 있지만, 이 피아노를 치는 일은 없을 거라는 아내의 선언에 남편은 적잖게 당황한다. 만약 싱이 들었다는 아내의 'baby', 'alone', 'lonely'를, 남편이 아내로부터 한국어로 먼저 들을 수 있었다면, 그랬다면, 그 둘은 싱을 만나기 전에 이미 화해하지 않았을까? 그림을 그리면서까지 아내와 소통하려고 애쓰는 싱의 태도가 남편에게도 있었다면 말이다. 그러므로 좋은 친구는 나를 완벽하게 이해하는 사람이 아니다. 나를 완벽하게 이해하지 못한다고 전제하고, 그럼에도 불구하고 나를 이해하려고 '노력'하며 '함께'하려는 사람이다. 김중혁의 말처럼, 우리가 어릴 때, 서로를 이해하는 대신에 서로를 이해하려고 '함께 노력했던 바로 그 시간'을, 성인이 되어서도 똑같이 노력할 수 있는 사람, 바로 그 사람이 좋은 친구일 것이다.

36

스스로

스스로, 모든 건 스스로! 외부의 힘을 개입시키지 않고,
자기 자신의 힘으로, 그래서 저절로 모든 일들이 이뤄질 수 있도록!
이 세계의 모든 것들이 그렇게 되기로 한 것처럼
스스로 그렇게 되리라는 사실을 그저 믿기만 하면 돼.

「어떻게 나는 새로 사서 처음 입었다는 이만기의 양복 상의에 토하게 됐는가?」,
『원더보이』, 91쪽

1984년, 김정훈은 그가 탄 차가 북괴 간첩이 탄 차와 추돌한
후, 병원에서 혼수상태로 사경을 헤맨다. 이념의 마스코트가 된
그를 위해서 대통령이 병문안을 오는데, 방문 후 10분 만에 깨어
났다고 해서 그는 기적의 소년, '원더보이'가 된다. 다만 이 사고

로 아버지가 죽는데, 이 사고를 분기점으로 김정훈은 다른 사람의 마음을 읽을 수 있는 초능력을 얻게 된다. 이 사실을 알아챈 권 대령은 김정훈의 초능력을 이용해서 군 수사, 그러니까 고문에 활용하려고 실험을 진행한다. 재능개발연구소에서 주관한 그 실험은 김정훈이 어떤 사물을 만지고, 그 사물 주인의 정보를 읽어내는 것이었다. 하지만 생각보다 실험이 잘 진행되지 않자, 과거 미정보국에서 초능력을 가진 소년들을 훈련했던 피터 잭슨을 소환한다. 피터 잭슨과 김정훈은 서로의 생각을 읽으면서 대화하는데, 그래서 권 대령과 연구소 직원들은 그들의 대화를 듣지 못한다. 위에 저 문장은 김정훈이 '초능력을 더 향상시키는 방법'이 뭔지를 묻자, 피터 잭슨이 답변한 것이다.

언젠가 슬라보예 지젝은 『잃어버린 시간의 연대기』에서 팬데믹을 겪으면서 사람들은 타인과 과도하게 사회적으로 연결되고 싶어 한다고 비판하였다. 코로나를 거치면서 우리가 가장 많이 들었던 말은 '거리 두기'였다. 이 '거리'는 '전염'에 대한 공포와 맞물려 사람과 사람 사이의 유대를 분리해냈다. 사람들은 코로나를 거치면서 사회적으로 고립되어 죽을 수도 있다는 점에서 불안해했지만, 이 불안함은 코로나 이전에도 결코 찾아볼 수 없었던 보다 더 강력한 의존과 연결로 전이되어 나타났다. 이를 바꿔 말하면, 우리는 현재, 더할 나위 없이 과도하게 연결된 시대를 살고 있다. 인스타그램, 페이스북, 엑스(X), 틱톡과 같은 SNS는 그 앱의 존재 자체로 우리가 얼마나 다른 이들과 연결되고 싶어 하는지를 방증한다. 그리고 우리 대다수는 이 연결이 우리의 삶에 긍정적인 영향을 주고, 이 긍정적인 영향이 자신이 하고자 하는 사회적 성취나 사회적 성공과 연결될 수 있다고 믿는다.

소설에서 권 대령은 김정훈에게 자신이 죽은 아버지를 대신해서 아버지가 되겠다고 말했지만, 권 대령이 김정훈과 부자 관계로 연결되고자 원했던 이유는 반공 이데올로기로 김정훈을 활용해서 정보부장 자리에 오르고 싶었기 때문이다. 물론 유발 하라리는 『호모 데우스』에서 호모 사피엔스가 '협력'할 수 있었기 때문에 끝까지 살아남아 진화할 수 있었다고 말했다. 그 당시 호모 사피엔스 이외에도 많은 다른 종들이 있었지만, 그들과 다른 이 '협력'이 호모 사피엔스를 다른 종들과 차별화되도록 만들었다는 지적이다. 그런데, '협력'과 '이용'은 완전히 다른 이야기다. 우리가 인적 네트워크를 확보하고 있어야 하는 이유는 다른 사람을 '이용'해야 내가 성공할 수 있기 때문이 아니다. 다른 사람을 이용하지 않아도 스스로 결과를 성취할 수 있는데, 그때 이 세계의 구성원들이 마치 내 삶이 그렇게 되기로 약속이라도 한 것처럼, '협력'적으로 출현하고 개입하는 과정이 필요하기 때문이다.

　김정훈은 결국 재능개발연구소에서 탈출한다. 그는 그러면서 스스로 성장해가지만, 그 과정에서 많은 사람들을 만나고 그 사람들과 협력한다. 그 사람들과의 만남은 마치 김정훈이 스스로 성장하기로 되어 있었던 것처럼 협력적으로 작용하며 작동한다. 우리는 우리 능력을 믿으면서 스스로 나아가야 한다. 누군가에게 기댈 여지를 주어서는 안 된다. 외부의 힘을 개입시켜서 이용하는 게 아니라, 마치 그 일들이 그렇게 되기로 한 것처럼 스스로 믿으며, 전진해야 한다. 아직도 흙수저 탓하며, 백마 탄 왕자를 기다리는 사람들이 있다는 걸 잘 안다. 그렇게 되면 결과는 순조롭게 얻을 수 있지만, 내 노력이 만들어가는, 마치 그렇게 되기로 한 것처럼 펼쳐지는 인생사의 여러 만남과 개입들은 영영 만날 수 없게 된다. 마치 김정훈의 1984년부터 1987년까지처럼 말이다. 그래서 좌우 볼 필요 없다. 스스로 해야 한다. 그렇게 될 거라고 강하게 믿고.

37

이해

더불어 말하지 못한 그 마음을 이해받기란
무척 힘들다는 사실도.

「여름밤, 은행나무 아래에서의 다짐」, 『원더보이』, 189쪽

　김정훈은 다른 사람의 생각을 읽는 자신의 초능력을 군 수사에 활용하기 위한 실험에 참여하던 중에 재능개발연구소에서 탈출한다. 그의 초능력이 무죄인 사람들을 자백하도록 만들었다는 죄책감 때문이었다. 그러면서 그는 자신을 잡으러 온 재능개발연구소 직원들을 피해서 달아나다가 우연히 대학교에 들어가게 되고, 거기서 FB(화염병)를 가장 잘 던지는 사람 선재 형을 만난다. 그리고 원더보이 김정훈이 선재 형을 찾아왔다는 말을 듣고 강토 형이

찾아오는데, 이 강토 형은 고문으로 약혼자를 잃은 인물로 남장을 하고 새로운 인생을 사는 정희선이다. 이 약혼자의 죽음을 신문 만평으로 다룬 재진 아저씨는 이 일로 강토 형과 가까워진다. 재진 아저씨는 출소 후 출판사를 차리는데, 강토 형의 추천으로 김정훈은 여기에서 일하게 된다. 이때 김정훈은 강토 형, 그러니까 정희선을 속으로 짝사랑하게 된다.

짝사랑, 참 힘든 사랑이다. 우리 지금부터 동시에 서로 사랑하자, 이렇게 시작되는 사랑은 현실적으로 불가능하기 때문이다. 예외 없이 사랑은 한쪽에서 먼저 시작된다. 먼저 시작된 사랑이 표현되어 상대방의 동의를 받으면, 그건 연인으로 발전하기도 하지만, 고백 자체가 없었다면 결국 그 사랑은 짝사랑에 머물게 된다. 그런데 짝사랑이 힘든 건, 말하지 못했기에, 그 마음을 이해받을 수 없다는 데 있다. 애완견이나 애완묘를 키우는 분들이 무척이나 힘들어하는 부분은 말할 수 없는 애완견이나 애완묘의 마음을 정확하게 헤아리기가 버겁기 때문일 것이다. 인간의 언어를 모르는 그들과 동물의 언어를 모르는 인간이 정확하게 이해할 수는 없을 것이니, 어찌 보면, 이 역시 다른 유형의 짝사랑이 아닐까 싶다.

언젠가, 수업 중에 '전이'가 무엇인지를 설명한 적이 있다. 아침에 부부 싸움을 진하게 하고 화가 잔뜩 난 남자가 대문을 강하게 발로 차고 나간다. 무심코 그 집 대문 앞에서 잠을 자던 강아지가 화들짝 놀라 도망간다. 분이 풀리지 않은 강아지는 길에서 처음 만난 어린이의 다리를 물어버린다. 그러니까 사실 이 세 개의 사건은 별개의 사건처럼 보이지만, 부부 싸움이 강아지가 어린이를 물도록 만들었다는 점에서 '전이'로 정리할 수 있다. 그러니까 해결되지 않은 감정은 절대 사라지지 않고, 어떤 식으로든 주변에 영향을 끼친다. 인정받지 못한 마음도, 다른 식으로 인정받기 위해서 다른 상황에서 묘하게 작동할 수도 있다. 이렇게 묘하게 작동하고 나면, 으레 하는 말이 있다. 내가 그걸 말로 해야 아냐고, 이렇게까지 말해야 나를 이해할 수 있냐고 말이다. 그러면 상투적으로 나오는 말도 있다. 말하지 않았는데 내가 네 마음을 어떻게 아냐고, 내가 신이냐고. 그렇다, 우리는 모두 신이 아니다.

저렇게 다투고 나면 저 이해받지 못한 마음이 어디에서 어떤 식으로 전이되어 나타날지 가늠할 수 없다. 김연수의 『세계의 끝 여자친구』에서 '작가의 말'을 보면, 우리는 일반적으로 상대방을 오해한다고 말한다. 그런데 오해하니까 쉽게 마음을 접어서는 안 된다고도 말한다. 언젠가 라디오에서 들은 이야기인데, 운전하고 가는데, 자꾸 옆에서 어떤 차가 경적을 울리더란다. 그래서 빨간불에 정차해서 씩씩거리며, 경적을 울렸던 사람한테 따지러 갔더니, 그쪽 차에 주유구가 열려서 말해주려고 그랬단다. 참 신기한 일이다. 내 차에 열린 주유구를 알려주기 위해서 경적을 울리는 사람이 이 세상에 존재한다는 걸 우리가 어찌 알 수 있었겠는가? 그러므로 우리는 오해할 수밖에 없는 존재들이다. 그러니까 '네가 말하지 않았는데 내가 어떻게 알아'가 아니라, '어차피 말해도 오해하니 일단 끝까지 알기 위해서 노력할 거야', 이게 맞을 것이다. 우리 주변을 조금만 주의 깊게 둘러보면, 차마 말할 수 없었던, 감히 언어화되지 못한 마음들이, 마치 우리로부터 이해되기만을 기다리고 있다는 걸 알 수 있다. 이해되기만을 기다리는 그 마음에 가능하다면 최대한 응답해야 한다. 그 응답이 나는 사랑이라고 생각한다. 응답하고, 이해하며, 사랑하라. 그뿐이다.

38

추억

사물에 담긴 추억으로
우리는 같은 인생을 여러 번 살아갈 수 있습니다.

「인생에서 중요한 건 디테일이야」, 『대책 없이 해피엔딩』, 176쪽

이 책에서 김연수는 2009년에 개봉한 영화 〈걸어도 걸어도〉를 보고, 영화에서 할머니가 〈블루 라이트 요코하마〉를 부를 때, 자신의 엄마를 떠올린다. 그 할머니가 부른 노래가 엄마가 마흔다섯에 사람들 앞에서 처음으로 불렀던 노래였기 때문이다. 김연수가 이 노래를 다시 듣게 된 건 엄마의 칠순 잔치에서였는데, 엄마에게 배운 유일한 노래인 〈블루 라이트 요코하마〉를 엄마를 위해 자신이 직접 불렀을 때라고 밝혔다. 그러면서 영화에서 그 노래가

이유 없는 다정함 : 김연수의 문장들

환기시킨 마흔다섯 젊은 엄마의 모습이 떠올랐고, 앞으로 이 노래를 다시 들었을 때 엄마와 내가 어디에 있을지를 생각했다고 했다. 그러니까, '노래'가, 그리고 그 노래에 담긴 추억이 잊고 있던 젊은 시절 속 엄마를 다시 살게 한 것이다.

요즘 딸아이랑 이야기하다 보면, 옛날 물건을 어디서 찾아 들고 와서는 그때 사건들을 조잘거릴 때가 있다. 우리는 이사를 벌써 네 번이나 해서 묵힌 물건들이 많다. 그래서 그 물건이 뭔지, 엄마가 사준 건지, 아빠가 사준 건지, 기억도 잘 안 나는데, 집안 구석 어디에서 찾아와서는 "그때 어디 갔을 때 산 거잖아, 기억 안 나?" 이런 식으로 말하면, 괜스레 억지로 기억이 나는 척이라도 해야 할 판이다. 그런데 신기하게도 그때는 너무 평범하게 지나가서, 미처 몰랐던 딸아이의 감정이나 그 당시 웃던 얼굴이 생각날 때가 있다. 때로 그 물건에 얽힌 우스꽝스러운 내 행동이나 이에 대한 딸아이의 반응이 떠올라서 간혹 부끄러울 때도 있다. 약간 과장을 보태자면, 생생하게 그때 그 순간의 나로 돌아간 것만 같다고 해야 할까? 아이와 그때 이야기를 다시 하면서, 나 잘살고 있구나, 이렇게 확신하게 된 건 바로 그때다. 김연수의 말마따나 같은 인생을 여러 번 사는 모습에서 이상하게도 내가 잘 살고 있다는 확신이 드는 것이다.

이러한 문장은 김연수의 다른 책에서도 발견되는데, 『시절일기』를 보면 "한 번의 삶은 살아보지 못한 것이나 마찬가지다. 그러니 이 인생의 의미를 알아내려면 적어도 두 번의 삶은 필요하다."(20쪽) 같은 문장이 그것이다. 그러니까 네 살의 딸과 지금 열 살의 딸 사이에는 6년이라는 시간적 공백기가 있다. 그러므로 지금 우리 딸은 그때의 그 네 살짜리 아이가 될 수 없다. 하지만 아이랑 6년 전 얻게 된 어떤 사물에 대해서 추억팔이를 시작하면 그 시절 네 살로 돌아간 딸과 이야기하며 나는 갑자기 두 번째 인생을 살게 된다. 『지지 않는다는 말』에서 김연수는 "살아오면서 나도 이 인생에서 영원한 것은 아무것도 없다는 사실에 여러 번 상처를 받았다"(40쪽)라고 말하지만, 이 상처는 김연수가 엄마를 위해 직접 부르는 〈블루 라이트 요코하마〉에서, 다시 말하면, 사물에 얽힌 추억을 통해서 치유된다.

오늘 아침에 갑자기 휴대폰 알림이 떠서 봤더니, 거기에는 2020년에 우리 가족이 함께 찍었던 사진만 모아서 '함께'라는 제목으로 편집된 영상이 있었다. 아니 휴대폰이 요새는 이런 것도 공짜로 만들어주네? 그 영상에는 4년 전의 우리가 고스란히 담겨 있었다. 아내와 딸아이에게 우리의 2020년을 주제로, 우리의 두 번째 삶 속에서 같이 이야기할 생각을 하니 굉장히 설렜다. 여기

이유 없는 다정함 : 김연수의 문장들

에 뒤질세라 포털사이트 클라우드에서는 '8년 전 사진 30장'과 같은 방식으로 나에게 여러 번 살아갈 수 있는 기회를 꽤 오래전부터 제공해주고 있었다. 생각해보면, 친구들과 이야기할 때 친구들이 하는 추억팔이에 굉장히 심드렁하게 "또 그 소리냐?" 볼멘소리를 많이 했었는데, 지금 생각해보면, 그건 모두 배부른 소리였다. 그런 여러 번의 추억팔이가 그 시절로 우리를 돌아가게 만든다는 걸 알았으니 말이다. 5년째 '루미큐브'라는 같은 보드게임을 딸아이와 하고 있는데, 그때마다 딸아이는 게임 중에 하는 나의 습관이나 게임 중에 함께 웃었던 재미있는 에피소드를 너무나 자세하게 재연해서 나를 당혹스럽게 만들 때가 있다. 이따가 점심 먹고도 게임을 할 텐데, 오늘은 또 무슨 말을 하려나? 어떤 순간으로 돌아가 두 번째 삶을 살게 만들어주려나?

39

모험 : 어른

'모험의 정신'이란
비록 자신이 틀렸다는 사실을 확인하게 될 뿐이라고 하더라도
세상에 굴하지 않고 그 길을 가는 사람의 정신일 것이다.

「이렇게 사실적인 개소리가 있나」, 『대책 없이 해피엔딩』, 212쪽

이 책에서 김연수는 2009년에 개봉한 영화 〈업〉을 보고, '찰스 먼츠'라는 캐릭터에 주목한다. 대모험가인 그는 고령에도 자신이 발견했다고 주장한 거대한 새를 찾기 위해, 파라다이스 폭포로 모험을 떠난다. 물론 최종적으로 이 인물이 '악당'이라는 점에는 동의하지만, 자신의 주장을 굽히지 않고 어려운 선택을 끝까지 밀어붙이는 모습에서 영웅적인 모습도 발견된다고 말했다. 그리고 그

밀어붙인 선택의 끝에서 자신의 주장과 선택이 사기였는지 아닌지가 판가름나는데, 김연수는 그 결과에 따라 명예가 회복되기도 한다고 말한다. '악당'이라는 힌트에서 '찰스 먼츠'의 주장과 선택이 좋은 쪽이 아니라는 것만 먼저 말해놓겠다. 하지만, 김연수는 '모험의 정신'이란 사실 그게 틀렸다는 사실을 확인하는 모험이더라도, 그 사실에 굴복하지 않고 밀어붙이는 정신이라고 정리한다.

사실 우리가 모험을 망설이는 이유는 아주 간단하다. 김연수의 저 문장에 나오는 말 그대로, '자신이 틀렸다는 사실을 확인하게' 될까 두렵기 때문이다. 개인적으로 가장 좋아하는 좀비 영화 〈월드워 Z〉를 보면, 브래드 피트와 그의 가족이 어느 아파트에 좀비를 피해 숨어 들어가는 장면이 나온다. 거기서 또 다른 가족을 만나 그들로부터 음식과 휴식처를 제공받는다. 그 당시 UN 소속 조사관이었던 브래드 피트는 UN의 도움으로 그 아파트 옥상에서 수송 헬기에 탑승하기로 약속한다. 그런데 그 아파트에 원래 살고 있었던 가족들은 아파트 옥상으로 올라가 헬기에 같이 타지 않기로 한다. 지금 이 아파트가 더 안전하다는 판단에서였다. 브래드 피트는 '전염' 앞에서 안전은 '이동'이라고 말하지만, 그 가족들은 그 선택을 바꾸지 않는다. 그들은 선택이 틀릴까 봐 모험을 감수하지 않았지만, 모험을 감수하지 않았기 때문에 좀비들로부터 공격을 받는다.

　그래서 우리보고 어쩌라는 거냐? 지금 여기 어디에도 좀비는 없는데. 맞다. 여기 어디에도 좀비는 없다. 하지만, 개인별로 좀비라고 비유할 수 있는 무언가가 내 인생에 개입하고 있어, 이 불편한 개입으로부터 벗어나기 위해 모험을 감행해야 하는지 고민 중이라면, 그렇게 해보라는 것이다. 우리 인생의 매 순간을 이 모험의 정신으로 살 수는 없을 것이다. 그러면 사람들은 매 순간 미쳐버릴지도 모른다. 하지만, 모험이 필요한 순간이 누구에게나 반드시 오고, 이 모험을 선택했을 때 자신의 선택이 틀렸다는 사실만을 확인할 뿐이더라도 당당하게 모험을 선택할 필요가 있다는 것이다. 이 책에서 김연수는 영화 〈내 남자의 아내도 좋아〉에서 비키의 고민을 듣고 격려해주는 주디(어른)의 모습을 보고 어른들의 일을 "자신을 객관화하는 일"(115쪽)이라고 말한다. 주관적 경험으로 '라떼'를 운운하는 게 아니라, 객관적으로 판단해서 조언하고 격려해주는 게 어른의 역할이라는 말이다.

　모험의 기로에서 만나는 어른 대부분은 '합리적 사고'와 '자신의 광대한 경험'을 전제로 절대적 권위의 조언을 해주는 경우가 많다. 군대를 안 간 내가 스물여섯 살 2월에 인도로 간다고 했을 때, 이 절대적 권위의 조언을 많이 들었다. 그런데 '어른들의 일'은 합리적 사고와 광대한 경험을 무기로 자신을 주관화하는 것이 아니라 자신을 객관화하고 상대방의 맥락에서 그 사람이 자신의 생각을 새롭게 바라볼 수 있도록 도와주는 것이어야 한다. 과거, 나에게 도전을 앞두고 고민을 털어놓았던 사람들 중 몇 명은, 대화를 통해서 자기 자신을 새롭게 보게 됐다는 말과 함께 결정에 중요한 영향을 줬다고 말한 적이 있다. 그 당시 개인적으로 내가 과연 그 수준의 조언을 할 수 있는 어른인가 싶어 어리둥절했지만, 아마 조언을 가장해서 반박하고 상대방의 단점을 들춰서 내 의견을 밀어붙이며 무엇보다 걱정을 가장한 우월감을 내비친 적이 없기 때문이리라. 이런 이야기를 하는 와중에 갑자기 장기하의 노래가 떠오르는 건 왜일까? "알았어 알았어 뭔 말인지 알겠지마는 그건 니 생각이고." 그래 내 생각이다. 그런데 최소한 그때는 정말 그랬다고!

40

고백

늘 언어는 사랑보다 늦게 도착한다.
우리는 무지한 채로 사랑하고, 이별한 뒤에야 똑똑해진다.

「내가 눈여겨본 건 엉덩이가 아니야」, 『대책 없이 해피엔딩』, 25쪽

영화 〈雙花店〉에 대한 이야기를 하면서, 김연수는 '아이러니'에 대해서 설명한다. 그러니까 〈雙花店〉이 으레 역사영화에서 발견되는 통속의 범주를 벗어날 수 있었다면, 그건 저 '아이러니' 때문이라는 지적이다. 영화에 대한 자세한 설명은 차치하고서라도, 우리도 이 아이러니를 일상적으로 경험하는 순간이 있다고 말한다. 바로 사랑할 때다. 우리가 무지한 채로 사랑했다가, 이별한 뒤에 똑똑해진다는 저 말은 아이러니 그 자체를 의미한다. 우리 시

대 가수였던 윤종신을 최근 다시 주목받게 한 노래 〈좋니〉의 가사를 보면, "사랑을 시작할 때 네가 얼마나 예쁜지 모르지"가 등장한다. 즉 서로가 실제 사랑을 시작할 때는 그 아름다움을 미처 몰랐다는 것이다. 역설적이지만 헤어지고 나서야 남자는 그 모습을 구태여 기억해가면서 찌질하게 못 잊는 중이다. 이게 아이러니가 아니라면 뭘까? 그리고 이 아이러니를 경험하지 않은 사람은 이 세상에 몇이나 있을까?

나는 언어가 사랑보다 늦게 도착한다는 걸, 영화 〈서유기 : 모험의 시작〉을 보고 깨달았다. 초등학교 때, 주성치가 주연으로 출연한 〈서유기 : 월광보합〉에 대한 추억이 가득한 터라 주성치가 감독으로 연출한 〈서유기〉 시리즈가 너무 궁금했다. 거기에는 영화 말미에 이런 대화가 나온다. "얼마나 사랑해줄 거예요?", "천 년…… 아니, 만 년……", "만 년은 너무 길어요, 지금 이 순간만이라도 사랑해주세요." 주성치니까 저런 연출이 가능했다고 생각한다. 사랑하지만 사랑한다고 말하지 못한 삼장, 하지만 그녀는 알고 있었다. 삼장이 자신을 좋아한다는 걸. 손오공에게 죽을 위기에 처한 삼장을 구하기 위해 달려온 그녀의 힘은 사실 너무 미약했고, 그녀는 허무하게 손오공에게 죽게 된다. 손오공이 삼장에게 사랑하는 사람이 죽어갈 때 부처님은 어디에 있었냐고 조롱하자,

삼장이 죽어가는 그녀에게 말한다. 사실 처음 본 그 순간부터 사랑했었다고. 그녀는 말한다. 이미 알고 있었다고, 그런데 만 년은 너무 기니, 지금 이 순간만이라도 사랑해달라고. 죽음을 앞둔 순간에서야 '사랑'이라는 언어가 그녀에게 마침내 도착한다.

아이러니하지만, 우리는 모두 늦똑똑이다. 우리가 하지 못했던 고백, 드러내지 못한 표현 등은 절대 사라지지 않고 우리 무의식 속으로 파고들어 자리를 잡는다. 그렇지 않다면, 우리가 살아가면서 후회할 일도, 아쉬워할 일도 전혀 없을 것이다. 흥미로운 점은, 각자가 각자의 깨달음에 이르는 과정이 너무나 다르고, 그 타이밍도 제각각이라는 것이다. 그래서 우리는 살면서 뭔가를 겨우 경험하고 나서야, 우리 각자가 모두 답에 이르는 과정이 완전히 다르다는 사실을 겨우겨우 깨닫게 된다. 그런데 어떤 사태에 대해 깨달은 후에 이 깨달음을 전제로 누군가에게 표현하려 할 때는 정말 완전히 늦어버리는 경우가 대부분이라는 게 문제다. 그러면 이 늦어서 고백하지 못한 마음들은 전부 다시 내 무의식 속으로 눅눅하게 기어들어오기 때문이다. 그리고 이 마음은 심장을 차갑게 만들어버리기도 한다. 앞으로 그 누구에게도 고백하지 못하도록.

그러니까 우리는 늦기 전에 고백해야 한다. 최소한 몇 번이라

이유 없는 다정함 : 김연수의 문장들

도 언어로 내 마음을 용감하게 표현해봐야 한다. 당장 내일이 종말이라면? 지금 무의식 속에 삭혀둔 감정들을 그 상태로 둘 수는 없을 것이다. 개인적으로 좋아하는 사이면 페그가 나오는 영화 〈런던 시계탑 밑에서 사랑을 찾을 확률〉을 보면, 아내의 외도로 이혼한 남자와 6년간 사귄 남자에게 이별 통보를 받은 여자가 나온다. 사소한 오해로 둘은 만나게 되는데, 영화 종반까지 남자와 여자는 '언어'로 서로에게 호감을 표현하지 않는다. 물론 상상을 초월한 역경을 뚫고 마침내 여자의 집까지 찾아간 남자가 여자를 만나 '고백'하면서 영화는 끝난다. 만약 고백하지 않았다면, 피천득의 「인연」처럼 "그리워하는데도 한 번 만나고는 못 만나게 되기도 하고, 일생을 못 잊으면서도 아니 만나고 살기도 한다"(137쪽)처럼 되는 게 아닐까? 천 년, 만 년 살 수가 없기에, 지금 내 옆에 있는 사람들, 왜 가족이나 친구들, 동료나 이웃들 말이다. 이들에게 우리는 망설이지 말고 고백해야 한다. 우리는 전부 늦똑똑이들이라서, 그렇지 않으면 언어는 항상 늦는다.

41

짐작

진실과 짐작을 혼동하면 안 된다는 점이다.

「그해 봄의 중고음반 거래」, 『7번국도 Revisited』, 34쪽

종교방송국 라디오 PD였던 '나'는 방송국을 그만두고, 중고 음반을 수집하기 시작한다. 물론 여기에 딱히 분명한 이유가 있는 것은 아니다. '나'조차도 '미스터리'였다고 밝힐 정도니까. 중고로 음반을 판매하는 사람들 대부분은 급전이 필요한 경우가 많았고, 그래서 여름 방학 시즌이 되면, 여행을 갈 목적으로 다양한 중고 음반이 쏟아져 나왔다. 하지만 '나'는 중고 음반의 질에 대해서는 회의적인 입장이었다. 도박사들의 충고를 예로 드는데, '슬롯머신'에 돈을 많이 넣으면 넣을수록, 사람들은 이제 기계가 돈을 토

할 때가 됐다고 생각하지만, 이건 순전히 자신만의 짐작이지, 진실과는 다르다는 것이다. 그러므로 아무리 다양한 중고 음반이 쏟아져 나오고, 중고 음반 거래를 많이 했다고 하더라도, 이제 귀한 음반 하나쯤 나올 때 아니냐? 뭐 이런 때는 따로 없는 것이다.

나는 가끔 신의 '무능함'에 대해서 생각해볼 때가 있다. 종교 생활을 하시는 분들을 보면 기도의 총량이나 예배를 드린 시간 등을 근거로 자신의 인생이 긍정적으로 바뀔 거라고 생각하는 분들이 많다. 물론 정말 긍정적으로 바뀌는 경우에는 상관없지만, 대부분의 경우 신은 침묵하고, 이로 인해 누군가는 회의적인 시각을 갖게 되며, 심한 경우 종교를 떠나기도 한다. 중요한 건 긍정적으로 바뀔 거라는 생각이 결국에는 내 짐작에 불과하다는 것이다. 나는 영화 〈곡성〉을 보면서, 신이 얼마나 불의한지, 그리고 얼마나 무능한지를 새삼 깨달았다. 이런 관점은 영화 〈사바하〉에서도 이어지는데, '악'은 저렇게나 이 세상에서 판을 치고 돌아다니는데, 대체 신은 어디에서 무엇을 하냐는 문제의식은 최소한 현재로만 보자면 매우 합당한 지적이었다. 그러므로 다시 우리는 종교 행위란, 무언가를 얻기 위해 하는 행위가 아니라 무언가를 포기하기 위해 하는 행위라는 점을 상기하게 된다. 신은 우리의 사회적 성공에는 무관심하니.

열심히 준비하고, 기획해서 공장을 열었다. 그런데 일도 안 들어오고, 고로 수입도 없다면, 과연 그 공장은 어떻게 될까? 김중혁의『메이드인 공장』에 그 답이 나와 있다. 그 공장은 "기술력이 일취월장"(162쪽)한다. 보통 우리는 준비가 되어 있다고 생각했는데, 그래서 이제는 나의 때가 올 거라고 짐작했는데, 기회가 주어지지 않는다면? 당연히 속상하고 속이 뒤집어질 것이다. 하지만 내가 아무리 열심히 준비했어도 그런 때가 따로 있는 것은 아니다. 다시 한번 더 말하지만, 신은 우리의 사회적 성공에 무관심하다. 그런데 이런 상황에서 마치 아무 일도 없었다는 듯이, 묵묵히 다시 뭔가를 준비하는 사람들도 있다. 짜증스런 마음을 다시 붙잡고, 이렇게 하는 게 맞나 싶으면서도 더 많이 준비하는 사람들이 분명히 존재한다. 이럴 때 기술력이 일취월장하는 것처럼, 다른 비장의 무기가 일취월장하기도 한다. 물론 아닐 수도 있지만, 그럴 수도 있다는 게 중요하다.

김연수는『사월의 미 칠월의 솔』에 수록된「깊은 말 기린의 말」에서는 '인내심'을 '완전한 포기'로 정의한다. 그러니까 인내한다는 건 '짐작', '기대'같은 것들이 발붙일 곳이 없을 정도로 완전히 포기한다는 걸 의미한다. 예전에 코로나로 마스크를 쓰지 않고는 지하철에 탈 수 없었을 때 겪었던 일이 생각난다. 그날은 비도 오

이유 없는 다정함 : 김연수의 문장들

고 그래서, 미리 우산도 준비해놓고, 집에 가는 지하철에서 읽을 논문도 미리 아이패드에 넣어놓고, 수업 준비를 위해 읽을 책도 미리 가방에 넣어두고, 그리고 연구실 불을 끄고 지하철역까지 콧노래를 부르며 내려갔다. 나의 짐작은 앞으로 30분 안에 집에 도착해서 일단 저녁을 먹고, 커피를 마시면서 아이패드로 논문을 읽는 것이었다. 그런데 비를 뚫고 지하철역에 도착해서야 내가 마스크를 쓰고 있지 않다는 걸 깨달았다. 주변에 약국을 검색했는데, 약국도 없었고, 편의점에는 우산과 마스크는 품절 상태였다. 나는 희망스러운 짐작 전부를 포기하고, 다시 우산을 쓰고 남산 자락을 걸어 올라갔다. 사실 올라가면서 내려올 때처럼 콧노래를 불렀다고는 말할 수 없을 것이다. 하지만, 분명한 건, 인내를 배웠다. 그리고 비를 맞으며 오르내렸더니 체력이 +1 강화된 걸 느꼈다. 이체력도 기술력이라면, 그렇다. 예상치 못한 상황에서 희망 회로를 돌려 짐작만 하지 말고, 인내할 것, 그리고 또 인내할 것. 다시 인내할 것. 바로 그걸 배웠다.

42

독고다이

서로 연결되지 않는 길을 죽은 길이라고 말할 수 있듯이
제아무리 숭고하다 한들 고립돼 있다면
그 인생은 실패한 인생이라오.

「우리가 마지막으로 본 7번국도」, 『7번국도』, 144쪽

'나'는 재현과 7번국도를 따라 여행하다가 속초에 도착한다. 속초에서 북쪽으로 올라갈지, 서울로 돌아갈지를 결정해야 하는데, 이때 난데없이 어떤 할아버지가 마치 우체부처럼 오토바이를 타고 등장한다. 그러고는 어떤 가게 앞에 '받는 이의 주소'도 없고, '보내는 이의 주소'도 없는 편지를 두고 가려는 게 아닌가? 이들은 뭔가 잘못된 것 같다고, 이런 편지를 배송하는 우체부가 어디

　　　이유 없는 다정함 : 김연수의 문장들

에 있냐고 할아버지에게 항변한다. 그러자 할아버지 우체부는 자신은 우체부처럼 보이지만, 사실 우체부는 아니라고 말하고, 내가 이런 일을 하는 이유는 이 일이 '쓸데없는 일'이기 때문이고, 이런 일들만이 자신을 위로한다고 말하더니 홀연히 북쪽을 향해 떠나 버린다.

그들이 7번국도에서 마지막으로 본 할아버지는 '원하는 삶'을 살았다고 해서 그게 '옳은 삶'은 아니라고 말하며, 자신은 원하는 삶을 살았지만, 친구와 애인도 모두 떠나고 자신은 고향까지 떠났다고 말한다. 그는 누구도 할 수 없는, 자신만이 할 수 있는 쓸데없는 일을 하면서 고립되지 않고 연결되기 위해서 편지를 돌리고 있다고 말한다. '고립'은 사실 이 소설에 나오는 모든 인물들이 공통적으로 가진 특징인데, 특히 '세희'에 주목해서 이 고립을 이야기해보고 싶다. 세희는 일본인 아빠가 있지만, 어릴 때부터 엄마, 아빠의 정체를 잘 모르고 외할머니 밑에서 자란다. 그러다 단 한 명의 피붙이라고 생각했던 외할머니가 돌아가신 날, 그녀는 혼자 남았다는 생각과 함께, "무엇으로도 극복할 수 없는 결여"(83쪽)를 몸소 느낀다. 하지만, 세희는 '나'와 재현이 7번국도를 여행하고 있을 때, 편지를 남기고 일본으로 떠난다. 독고다이의 세계를 벗어나 아직 살아 있다는 아빠를 만나러 떠난 것이다.

살다가 보면, 어쩔 수 없이 주변을 돌아보지 못하게 된다. 우리가 원하는 삶은 '성공'과 관련된 것이 대부분이기에, '성공'하려면 친구 하나쯤, 형제·부모쯤 가끔씩 못 보면 어때? 뭐 이런 식으로 '성공'에만 천착하게 된다. 그런데 그렇게 어느 정도 살다가 보면, 마치 서로 연결되지 않아 죽어버리는 소설 속의 저 길처럼, 분명 원하는 삶을 살게 되지만 뭔가 잘못되었음을 깨닫게 된다. 스스로 고립되어버린 자신을 발견하게 되는 것이다. 우체부도 아닌 할아버지가 오토바이를 타고 다니며 저렇게 보잘것없는 일을 매일같이 하는 이유는 젊은이들에게 보란 듯이 뭔가를 말해주기 위해서란다. 늦기 전에 '쓸데없을 일'을 하라고. 엄마, 아빠에게 전화하고, 친구도 만나고, 만나면 같이 술도 한잔 마시라고. 기회가 된다면 연애도 하고 결혼도 하라고. 아 참. 애도 낳으면 좋고. 이 모든 일들이 성공을 향해 나아갈 때, 네가 원하는 일에 방해만 되는 '쓸데없는 일'처럼 보일지라도 반드시 이 일들을 해보라고 말이다.

김훈의 소설 『흑산(黑山)』을 보면, "사람이 사람에게로 간다는 것이 사람살이의 근본이라는 것을 마노리는 길에서 알았다"(41쪽)라는 문장이 있다. 평안도 정주의 마부였던 마노리는 말을 끌고 이 마을에서 저 마을로 가는 길목에서 삶의 '근본'이 바로 '사람에게 가는 것'이라는 걸 깨닫는다. 이 책에는 "공부와 물정은 다른

이유 없는 다정함 : 김연수의 문장들

것이다"(61쪽)라는 문장도 있는데, 결국 내가 원하는 삶이 '공부'와 관련된다면, 쓸데없는 일은 '물정'과 같을 것이다. 마침 나도 '공부'가 일이다 보니까 특히 논문을 쓰면서 사람들을 많이 만나지 못했는데, 그 결과 미약한 세상 물정과 함께 꽤 많은 친구들을 잃었다. 하지만, 그런 와중에서도 내가 '독고다이'의 길로 빠지지 않을 수 있었던 이유는 몇 개 안 남은 연결된 길들을 꼭 붙들고 있었기 때문이다. 올해 가족과 같이 5월에 전주에 다녀왔다. 거기에는 아직 연결이 끊이지 않은 길이 주는 소중한 인연, 현수가 있었는데, 가족과 함께 정말 즐거운 시간을 보내고 왔다. 또, 한 달에 최소 한두 번은 파주에 가는데, 거기에는 평생 갚아도 보은할 수 없는 길, 우리 엄마, 아빠가 계신다. 그리고 이따금씩 장모님도 찾아뵙고, 아내의 오빠 가족도 만난다. 우리는 만나고 또 만난다. 제 아무리 숭고한 일을 한다고 한들, 고립된다면 우리는 완전한 인생일 수 없다. 마치 소설 속 그 할아버지처럼. 그러므로 마노리처럼 우리는 이 길에서 저 길로, 사람 속으로 들어가야 한다. 독고다이, 생각보다 피곤해.

43

충만

아마도 말이 끊어지는 게 두려워서였을 것이다.

「단 하나의 실낱같지만 확실한 무엇」, 『네가 누구든 얼마나 외롭든』, 41쪽

약간 사담이지만, 이 소설은 인도로 떠나기 전 대학교 3학년 때 처음 읽었고, 인도로 가져가서 인도에서도 읽었고, 한국으로 돌아와 6개월 뒤 군대에 갈 때 가져가서 또 읽었고, 인스타그램에 #북스타그램을 올리기 위해 다시 여러 번 읽었고, 지금 책을 쓰기 위해서 다시 읽고 있는데, 그런데, 역시나, 새롭게 다가오는 이야기가 참 많다. 참 신기하다. '나'와 정민의 데이트 장면 말이다. '나'는 할아버지가 일본군 학병 시절에 필리핀 어디에서 가져왔다는 입체 누드 사진 이야기를 정민에게 한다. 정민은 그 사진을 직접

이유 없는 다정함 : 김연수의 문장들

보고 싶어 하고, 둘은 그날 그 사진이 있는 '나'의 고향 김제로 가기 위해 서울역에서 기차를 탄다. 기차를 타기 전에도, 기차를 탄 후에도 김제의 어느 호프집에서도 둘은 사적인 이야기를 끊임없이 하면서 시간을 보낸다. 그런데 이렇게 끊임없이 이야기했던 이유가 "아마도 말이 끊어지는 게 두려워서였을 것이다"(41쪽)로 모두 설명되는 거 같아서 놀랐다.

지금은 절판됐지만 프랭크 커머드의 『종말 의식과 인간적 시간』을 보면 '카이로스(Kairos)'와 '크로노스(Chronos)'에 대한 설명이 나온다. 사실 시간이라는 건, 시작과 끝이 없다. 이 막막한 우주 어디에 시작이 있고, 끝이 있겠는가? 물리적인 의미에서 시간은 그냥 흘러가는 거다. 다만 대표적으로 시작과 끝을 정했던 건 바로 교회였다. 시작은 천지창조가 출발이고, 끝은 종말로 귀결된다. 그러면 출발을 정했던 신이 끝을 내기 위해서 다시 올 때까지, 우리는 신이 보기에 '의미' 있는 시간을 보내야 한다. 이 의미가 충만한 시간을 카이로스라고 한다. 신이 다시 와서 우리가 어떤 삶을 살았는지를 묻고, 천국과 지옥을 결정할 것이기에, 인간은 그 시작과 끝을 어떻게든 의미 있게 채우려는 욕망이 발동한다. 원래는 빈 공간이지만, 욕망에 의해서 의미가 충만한 시간으로 바뀌는 것이다.

소설에서 '나'는 시종일관 말을 건네고 이야기하는데, 그 이유는 그렇게 했을 때 느껴지는 '충만함', 그러니까 '의미 있음' 때문이 아니었을까? 반대로 말이 끊어지면 두려워지는데, 그 이유는 우리는 이렇게 이야기하면서 의미를 대출받는 커플인데, 침묵은 곧 '의미 없음'을 나타내니까, 그러면 우리 커플의 정체성을 뒤흔들기 때문이 아니었을지. 반대로 이는 정민도 마찬가지라서 정민도 '나'에게 쿵짝을 맞춰서 이런저런 이야기들을 줄기차게 말하는데, 이 역시 똑같은 이유로 보인다. 박민규는 『삼미 슈퍼스타즈의 마지막 팬클럽』에서 '세계는 구성되어 있는 것이 아니라 자신이 구성해가는 것'이라고 말했다. 크로노스의 시간에 머물면 우리는 무의미하게 흘러가는 시간 속 하나의 점도 되지 못하는 존재이지만, 카이로스의 시간에 머물게 되면, 새로운 의미를 스스로 대출받으면서 의미 있는 시간을 확보할 수 있게 된다. 바로 그게 우리 각 개인의 사적인 '삶'이 아닐까?

이런 식이라면, 어떤 커플이 함께 보낸 시간과 커플의 정체성을 카이로스의 시간으로 재구성하고, 종교 활동을 하는 사람이 자신의 인생을 신에 대한 순종으로 시간을 재구성하는 것과 마찬가지로, 우리도 우리 인생을 재구성할 수 있다. 최근 여러 강연에 등장한 자연과학 강사들의 대중 강의를 들으면서, 인간은 수십억 년

이유 없는 다정함 : 김연수의 문장들

의 지구 역사에서 하나의 점도 되지 못한다는 말이나, 인간은 사실 측량할 수 없는 우주의 역사에서 사실 죽어 있는 것이 더 자연스러운 것이라는 말에서 그 어떤 카이로스도 찾을 수 없어 뭔가 서글펐다. 그러한 지적들은 그 어떤 말로도 반박할 수 없는 '사실'이었지만, 지금 우리가 사는 세계에서 필요한 건 크로노스에 대한 정확한 재인식보다 다 똑같아 보이는 삶에서 자신만의 카이로스를 만들어가는 것이라고 생각하기 때문이다. 물론, 저 강의들을 듣고, 무의미한 인생, 살아서 뭐 하냐며 자살을 시도했다는 이야기를 들은 적은 없다. 왜냐하면 우리가 여전히 카이로스의 세계에서 시작과 끝을 채울 수 있는 의미를 원하기 때문일 것이다. 물론 지나치게 욕망 덩어리가 되어 이기적으로 사는 사람에게는 반대로 크로노스의 시간을 정확하게 알려줄 필요도 있겠지만. 그럼에도 시작과 끝을 정하고, 그 누구라도 당당하게 충만한 자신만의 의미를 만들길. 그래서 통통하게 살이 오른 복숭아처럼, 충만한 하루하루를 의미 있게 만들어가시길. 바라고 또 바라본다.

44

습관

그건 행복과 불행의 문제가 아니라 습관의 문제였다.
습관이란 무의식중에 행하는 행동을 뜻한다.

「사랑에는 아무런 목적이 없으니」, 『네가 누구든 얼마나 외롭든』, 102쪽

소설에서 '나'와 정민은 끊임없이 이야기하면서 총학생회에서의 공적 관계와 달리 서로의 사적 관계를 공고히 해나간다. 어느날, 정민은 나이트클럽에서 '나'에게 죽은 삼촌에 대해서 이야기한다. 삼촌은 전북 지역 고등학생 대표로 대한교련에서 주는 '훌륭한 청소년상'을 받기 위해 서울에 왔다고 했다. 그런데 삼촌은 『내셔널 지오그래픽』을 사기 위해서 길을 나섰다가, 길을 잃었고, 우연히 중앙전신국으로 가게 된다. 그런데 그때 중앙전신국에서

수류탄이 터져 일곱 명이 다쳤는데, 삼촌은 현장에서 그 사건의 용의자로 오인을 받아 청원경찰에게 심한 폭행을 당한다. 그런데 그때 그 사건을 이야기하면서 정민은 '습관'에 대해서 이야기한다. 그 당시 1968년은 '총격', '수류탄', '폭격', '사살' 등과 같은 단어에 노출되어 있을 때라고. 그리고 모두가 '습관적인 폭력'에 익숙해진 시기라고 말이다. 그런 시대에서는 폭력보다 오히려 '비폭력'이라는 말이 주변 사람들을 불편하게 한다고도 말한다.

언제가 논문을 쓰다가 같은 단락에서 여러 번 부사 '다소'가 쓰인 것을 인식한 적이 있다. 내가 이렇게 '다소'를 좋아했었나? 그런데 내 글을 읽는 사람들도 '다소'를 좋아할까? 배수아가 『북쪽 거실』에서 "우리들의 어휘는 종종 혀의 습관에 불과한데"(14쪽)라고 말한 게 무슨 말인지 그때 이해했다. 다른 습관도 물론 중요하지만, 타인에게 공격을 가장할 수 있다는 점에서 '혀의 습관'은 정말 중요하다. 이미 '아차' 하는 순간에 혀의 습관이 발현되고 상황에 따라 상대방을 불쾌하게 만들 수도 있으니 말이다. 그런데 정말 중요한 건, 이 혀의 습관이 어떤 관점에서는 곧 감춰진 '진짜 나'를 의미한다는 점이다. 그래서 가만히 보면, 우리가 '훌륭한 사람'이라고 말하는 사람들은 범인(凡人)들보다 '좋은 습관'을 더 많이 가진 사람들이다. 그 좋은 습관이 상대방을 편안하게 해주고,

무엇보다 자기 분야에서 인정받을 수 있도록 이끌기 때문이다.

그런데, 말투랄까, 어휘 선택이랄까, 이 모든 걸 혀의 습관이라고 정리하고 나면, 이 습관은 보통 그 사람의 가정이나 친구 등과 깊숙하게 연결된다. 그러니까 그 사람이 어떤 상황에서 어떤 말을 하는 건, 그가 살아오면서 그와 같은 상황에서 여러 번 반복적으로 그런 말을 들었고, 그렇기에 그 사람도 똑같은 상황에서 그런 말을 자연스럽게 할 수 있다는 것이다. 소설에서 1968년은 '총격', '수류탄', '폭격', '사살' 등과 같은 언어가 당연시되던 시기였단다. 그게 베트남전 때문이건, 한국전쟁을 마친 지 얼마 되지 않았기 때문이건, 아무튼 그때 상황은 그랬다. 그래서 이런 습관을 수정하려면, 반드시 우리는 스스로에 대한 '냉소'가 요구된다. 무슨 말이냐면, 이런 내 습관을 비판적으로 반성해보는 게 요구되는 것이다. 신형철은 『슬픔을 공부하는 슬픔』에서 냉소를 성찰과 연결시켰다. 나쁜 습관을 나쁜 습관이라고 볼 수 있으려면 "지금 이런 상황에서 이런 식으로 말하는 건 괜찮아"와 같은 확신에서 벗어나야만 한다. 누군가를 냉소주의적으로 보는 건, 문제가 있지만, 스스로에 대한 냉소는 성찰의 차원에서 유익하다.

그런데 잘못된 혀의 습관이 만드는 건 결국 이기적인 태도이

이유 없는 다정함 : 김연수의 문장들

다. 상대방의 기분을 배려하지 못하고 솔직함을 가장해 등장하는 혀의 습관들 말이다. 그래서 혀의 습관만큼이나 중요한 게 있다면, 그것은 바로 '머리의 습관'이다. 내 머리에 상주하는 태도가 어떠하냐는, 혀의 습관만큼이나 중요하다. 가라타니 고진은 『네이션과 미학』에서 '공감'을 '상상력'과 연결시킨다. 아이들의 상상력을 키우기 위해서 미술 학원이나 음악 학원에 보내는 경우는 많이 봤지만, '도덕 학원'에 보내는 경우는 본 적이 없다. 물론 도덕 학원이 있더라도 도덕 '시험'을 대비하는 학원이겠지만 말이다. 나와 너무나 다른 상대방의 입장에서 생각해보는 '공감', 그 공감이 '머리의 습관'을 만들고, 그 머리의 습관이 적절한 '혀의 습관'을 결정할 것이다. 1968년만큼이나 폭력적인 사건, 사고가 우리 삶의 현장에 현저한 지금 상황에서 좋은 습관을 기르려면—그게 혀건, 몸이건, 머리건—무엇보다 옆에 있는 사람의 입장에서 한번 공감해보는 것, 바로 그 상상에서부터 출발해야 하지 않을까 싶다. 결국 여기서 출발하지 못하면, 그게 혀건, 몸이건, 머리건, 좋은 습관을 확보하기가 어려울 것이기에.

45

곡선

기다리는 그 즉시 내 손에 들어오는 것은 하나도 없다.

「갠 강 4월에 복어는 아니 살쪘어라」, 『청춘의 문장들 : 15주년 특별판』, 46쪽

　김연수는 '봄'을 이야기하면서 인생이 직선이 아니라 곡선이라고 말한다. 우리가 아무리 간절히 봄을 원해도 봄을 만날 수 있는 때는 정해져 있다. 김연수의 말마따나 지난봄이 지나고 10개월 분량의 적금이 꾸준하게 납입되어야, 비로소 새로운 봄이 모습을 드러낸다. 그런데 이 복잡한 곡선의 흐름이, 과연 계절의 변화에만 적용되느냐, 그렇지 않다. "그게 사랑이든 복권 당첨이든, 심지어는 12시 가까울 무렵 버스를 기다리는 일이든"(46쪽), 일상 속 모든 일들은 그 나름의 납입금이 있다. 만약 그 납입금이 정확하

게 납입되지 않으면, 아무리 큰 조바심을 내더라도, 영영 우리는 "그게 사랑이든 복권 당첨이든, 심지어는 12시 가까울 무렵 버스를 기다리는 일" 따위를 성료할 수 없게 된다. 이 책에서 김연수가 삶을 경제성의 차원에서 "엉성"하다라고 말한 건 아마도 이런 이유일 것이다.

하지만, 그렇다고 해서, 조바심을 내는 사람을 나무랄 수는 없다. 신형철의 『슬픔을 공부하는 슬픔』을 보면, "존재의 필연성에 의해 움직이는 사람"(86쪽)들에 대한 이야기가 나온다. 사실, 실존주의에서 '존재'란 스스로 찾아 만들어야 하는 것이다. 우리가 조바심을 내는 이유는 존재의 필연성이 아니라 '조직의 필요성'에 의해서 움직이게 됐기 때문이다. 소속된 조직에서 개인의 존재는 얼마나 미약한가? 스스로 정량 이상의 납입금이 입금되었다고 판단되는 순간에도 조직은 그들의 필요에 따라서 봄이 오지 않도록 만들 수도 있으니 말이다. 언젠가 〈박선영의 씨네타운〉에 출연한 어느 영화배우의 인터뷰를 들은 적이 있다. 그 당시 영화를 찍고 싶지 않을 정도로 매우 지쳐 있었다고 말했다. 그래서 아무것도 하고 싶지 않았다고도 말했다. 순전히 개인적인 추측이지만, 존재의 필연성을 확답받지 못한 상태에서 잦은 영화 출연이 만든 무기력 상태가 아니었을지.

김중혁의『뭐라도 되겠지』를 보면 마음 심(心) 자에 대한 흥미로운 설명이 나온다. 권(權), 군(軍)과 같은 한자와 비교하면 확실히 심(心)은 모든 획이 떨어져 있다는 지적. 그렇기 때문에 마음은 본래 산만한 게 정상 상태라는 말이다. 엥? 산만한 상태가 정상이다? 열이면 열 우리는 모두, 별일이 없어도 때로 안절부절하기도 하고, 어떤 일을 앞두고 조바심을 내며 조마조마하기도 하는데, 사실은 이 모든 게 심(心) 차원에서 너무나 당연하다는 것이다. 그러므로 우리는 성실하게 노력하고 꾸준하게 실천해서 정확하게 납입금을 입금한 경우에도, 조바심을 내며 불안해할 수 있다. 조직의 필요성에 따라서 내 납입금이 평가절하당할 수도 있다고 충분히 상상해볼 수 있고, 또 본래 그게 마음 심(心)이기에 그렇다. 그러니까 이제 우리는 조바심을 내는 사람 옆에서 "침착하게 좀 있어봐"라는 말이 얼마나 비현실적인 말인지도 알게 된다. 그렇게 말하고 있는 그 사람의 마음조차도 결국엔 모든 획들이 완벽하게 떨어져 있는 심(心)의 상태일 테니 말이다.

최근에 나는 인생의 굴곡을 말하러 나오는 사람이 등장하는 아침 방송이나 인터뷰를 많이 볼 수 있었다. 순전히 우연이었지만, 그분들의 인생이 얼마만큼 '곡선'이었는지, 그 '포물선'이 얼마나 깊숙이 아래로 내려갔었는지, 그리고 그 상황을 어떻게 극복했고,

　　　이유 없는 다정함 : 김연수의 문장들

지금은 어떤 '봄의 세계'를 누리고 있는지를 알 수 있었다. 그래서 그런가, TV나 유튜브에서 눈물을 뚝뚝 흘리며 말하는 사람들을 보면, 한편으로 감정이 동하다가도, 한편으로는 본래 인생이란 그런 것이니, 저분들이 봄의 세계를 만들어낸 것처럼, 지금 조바심의 단계에 있는 '우리'도 미래에는 저렇게 봄의 세계를 누리겠구나. 이렇게 인정하게 되었다. 김연수의 말마따나 "기다리는 그 즉시 내 손에 들어오는 것은 하나도 없다", 그렇지만, 기다릴 수 있다면, 그게 무엇이든지 손에 들어오게 된다. 그러니까 마음 심(心)의 상태를 너무 부정적으로만 해석하지 말고, 일단 기다리자고. 김연수의 소설 제목처럼 다가올『이토록 평범한 미래』를 생각해보자고. 이렇게 말하고 싶다.

46
자폐

번데기가 허물을 벗듯이 새가 알을 깨듯이

우리는 자폐의 시간을 거쳐 새로운 세계 속으로 입문한다.

그 시간을 견디지 못하면

결국 그 세계에서 빠져나오지 못하게 된다.

「이따금 줄 끊어지는 소리 들려오누나」, 『청춘의 문장들 : 15주년 특별판』, 130쪽

'자폐'는 일종의 발달장애다. 의학적으로 정확한 특징을 세세하게 설명할 능력이 내게는 없지만, 분명한 건 자폐가 대인관계에서 어려움을 동반한다는 점이다. 김연수는 스무 살에 우연히 만났던 여자를 생각하면서 자폐를 언급한다. 군에 입대한 후에 휴가를 나왔다가 우연히 그 여자를 다시 만났고 편지도 몇 번 주고받았으

나, 군 제대 후에 그녀는 미국으로 떠나버렸다는 것. 그때 참회의 일기를 쓰면서 헤어진 지 오래된 여자들한테까지 구태여 사과했다고 했는데, 그때 그 시간을 자폐의 시간으로 정리한다. 그러니까 우리에게도 성장을 위해서는 반드시 '홀로 돌아보며 사과하는 시간'이 필요하다는 말이다. 특히 김연수는 새로운 세계에 입문하기 전에 이러한 도피의 시간을 통한 일종의 궤도 수정이 필요하다고 말한다.

재미있게 읽었던 소설 중에, 박민규의 『카스테라』에 실린 「대왕 오징어의 습격」이 있다. 이 소설에서 오징어는 꽤 많이 안다고 자부하는 인간들의 자뻑을 신랄하게 조롱한다. 우리가 왜소해지는 순간은 내가 알고 있던 물정이나 지식이, 혹은 내가 자랑스럽게 내놓을 수 있는 경험이 아무짝에도 쓸모가 없다는 걸 깨닫는 바로 그 순간이다. 인간의 자뻑은 그래서 초라한 것이다. 그러니까 어딘가에 홀로 들어가 정말 알고 있는 게 무엇인지, 그리고 그 알고 있는 것을 어떻게 활용했기에 실패했는지, 그리고 미래에 이와 유사한 상황이 닥쳤을 때 어떻게 해야 하는지 등에 대해서 일종의 메타 분석을 진행하는 시간이 필요한데, 이런 시간은 김연수의 방식으로 설명하자면, '허물 속 번데기'나 '알 속의 새'처럼 일종의 '자폐의 시간'이라고 말할 수 있을 것이다.

누구나 알고 있는 것처럼, 번데기는 유충이 성충으로 변태하는 과정에 존재하는 중간 단계로, 이 허물을 벗어야지만 번데기는 비로소 성충이 될 수 있다. 물론 새도 마찬가지로, 알을 깨고 나와야 우리가 알고 있는 그 새가 될 수 있다. 김중혁의 『메이드 인 공장』을 보면, '김중혁의 글' 공장 본사를 전제로 다음과 같은 표어가 공장에 걸려 있다고 나온다. "멍하니, 바라보자, 오랫동안, 바라보고, 끈기 있게, 바라보고, 오랫동안 생각하자, 모든 게 끝났으면, 빠른 시간에 쓰자."(137쪽) 이를 김연수가 말하는 자폐의 시간으로, 즉 우리가 새로운 세계로 입문하기 전에 반드시 가져야 하는 '자폐 공장'의 표어로 바꿔 말하자면, "멍하니, 바라보자, 오랫동안, 바라보고, 끈기 있게, 바라보고, 오랫동안 생각하자, 모든 게 끝났으면, 빠르게 새로운 세계로 입문하자." 이쯤 되지 않을까?

박성우 시집 『가뜬한 잠』을 보면 「건망증」이라는 시가 나온다. 회사원으로 추정되는 인물은 나에게 미안할 정도로 나를 잊고 정신없이 하루를 보낸다. 비유적이지만, 새로운 세계로 들어가고 나면 자폐의 시간을 갖기란 여간 어려운 일이 아니다. 책임감이나 관성적으로 해야 하는 일들이 항상 존재하기 때문에, 그 와중에 홀로 있는다는 게 현실적으로 쉽지 않다. 이렇게 보면, 자폐의 시간은 긴 인생에서 한 번쯤 거쳐야 하는 통과의례라고도 말할 수 있겠다. 그렇지만 우리는 자폐의 시간과 자책의 시간을 혼동해서는 안 된다. 왜냐하면 자책은 너무 심해지면, 우리를 감싸고 있는 그 허물을 벗고 나올 수가 없기 때문이다. 김연수의 말처럼, 허물을 벗고 나오지 못하면, 결국 그 세계에 갇혀버리게 된다. 그러면 왜 동네 허름한 술집에서 주구장창 술만 마시며 신세 한탄만 하는 사람이 될 수도 있다. 성장과는 상관없는 선택지에서 성충이 되지 못하고, 유충으로도 돌아가지 못하는 존재가 되는 것이다. 자폐라고 말했지만, 이러쿵저러쿵 말하는 사람들 틈에서 벗어나 나를 돌아보는 것, 이게 바로 자폐의 시간이다. 늦지 않았으니까 오늘 당장이라도 해봐. 꼭 해봐. 그게 널 성충으로 변태하도록 만들어줄 거야.

가끔씩은 이해할 수 없는 그 틈을 그대로 이해해버리는 것,

그러니까 그대로 그 틈을 방치하는 것이

곧 누군가를 이해하는 또 다른 방식일 수도 있다

김연수, 『사랑이라니 선영아』, 작가정신, 2008.

김연수, 『여행할 권리』, 창비, 2008.

김연수, 『세계의 끝 여자친구』, 문학동네, 2009.

김연수, 『7번국도 Revisited』, 문학동네, 2010.

김연수 · 김중혁, 『대책 없이 해피엔딩』, 씨네21북스, 2010.

김연수, 『원더보이』, 문학동네, 2012.

김연수, 『네가 누구든 얼마나 외롭든』, 문학동네, 2012.

김연수, 『사월의 미 칠월의 솔』, 문학동네, 2013.

김연수, 『스무 살』, 문학동네, 2015.

김연수, 『파도가 바다의 일이라면』, 문학동네, 2015.

김연수, 『꾿빠이 이상』, 문학동네, 2016.

김연수, 『나는 유령작가입니다』, 문학동네, 2016.

김연수, 『내가 아직 아이였을 때』, 문학동네, 2016.

김연수, 『밤은 노래한다』, 문학동네, 2016.

김연수, 『지지 않는다는 말』, 마음의 숲, 2018.

김연수, 『언젠가 아마도』, 컬처그라퍼, 2018.

김연수, 『시절일기』, 레제, 2019.

김연수, 『청춘의 문장들 : 15주년 특별판』, 마음산책, 2019.

김연수, 『일곱 해의 마지막』, 문학동네, 2020.

김연수, 『이토록 평범한 미래』, 문학동네, 2022.

김연수, 『너무나 많은 여름이』, 레제, 2023.

가라타니 고진, 『네이션과 미학』, b, 2009.

권혁웅, 『몬스터 멜랑콜리아』, 민음사, 2011.

김애란, 『바깥은 여름』, 문학동네, 2017.

김영하, 『아랑은 왜』, 복복서가, 2020.

김중혁, 『뭐라도 되겠지』, 마음산책, 2011.

김중혁, 『메이드인 공장』, 한겨레출판사, 2014.

김중혁, 『악기들의 도서관』, 문학동네, 2014.

김중혁, 『가짜 팔로 하는 포옹』, 문학동네, 2015.

김 훈, 『黑山』, 학고재, 2011.

박민규, 『카스테라』, 문학동네, 2014.

박민규, 『삼미 슈퍼스타즈의 마지막 팬클럽』, 한겨레출판사, 2003.

배수아, 『북쪽거실』, 문학과지성사, 2013.

박병상, 『식량 불평등』, 풀빛, 2016.

박성우, 『가뜬한 잠』, 창비, 2019.

백가흠, 『귀뚜라미가 온다』, 문학동네, 2011.

벤 윌슨, 『메트로폴리스』, 매일경제신문사, 2021.

이유 없는 다정함 : 김연수의 문장들

볼프 슈나이더,『위대한 패배자』, 을유문화사, 2005.

슬라보예 지젝,『멈춰라 생각하라』, 와이즈베리, 2012.

슬라보예 지젝,『공산당 선언 리부트』, 미디어창비, 2020.

슬라보예 지젝,『잃어버린 시간의 연대기』, 북하우스, 2021.

슬라보예 지젝 외,『충동의 몽타주』, 인간사랑, 2019.

신형철,『정확한 사랑의 실험』, 마음산책, 2014.

신형철,『슬픔을 공부하는 슬픔』, 한겨레출판사, 2018.

유발 하라리,『호모 데우스』, 김영사, 2017.

이상국,『달은 아직 그 달이다』, 창비, 2016.

이청준,「눈길」,『매잡이』, 민음사, 2002.

이푸 투안,『공간과 장소』, 사이, 2020.

프랭크 커머드,『종말 의식과 인간적 시간』, 문학과지성사, 1993.

피천득,『인연』, 샘터, 2007.

한유주,『나의 왼손은 왕 오른손은 왕의 필경사』, 2011.

이유 없는 다정함

민정호